Peter Becher

Henriette und Casanova

Dichtung und Wahrheit

Beiheft zu den historischen Grundlagen des Romans
„Henriette – Casanovas große Liebe"

www.tredition.de

© 2020 Peter Becher
Layout, Cover: Dr. Matthias Feldbaum, Augsburg

Verlag und Druck:
tredition GmbH, Halenreie 40–44, 22359 Hamburg

ISBN: 978-3-347-07867-3

Vorwort

Die Episode von Henriette und Casanova ist vermutlich die wohl schönste Liebesgeschichte des 18. Jahrhunderts. Von Henriette schwärmen ganze Generationen von Lesern und Casanova-Forschern.

Dabei hat es Casanova den Lesern nicht leicht gemacht. Den erst in den Bänden III, IX und XI seiner Memoiren, in weiten Zeitabständen, versteckt zwischen weiteren Begebenheiten, kann man die anregende und geheimnisvolle Geschichte finden. Um die schöne Henriette und ihre Familien zu schützen, hat er nicht nur Pseudonyme für die handelnden Personen verwandt, sondern auch reichlich falsche Spuren gelegt. Die etwa 40 Briefe, in denen Henriette ihre Geheimnisse offenbarte, wurden von ihm vernichtet. Es ist daher nicht verwunderlich, dass die wahre Identität der Henriette erst nach rund 250 Jahren entdeckt wurde.

Die Episode hat alles, was eine romantische Liebesgeschichte ausmacht. Eine wunderschöne, geistreiche adlige Dame aus der Provence, eine arrangierte Ehe mit einem ungeliebten Ehemann, die Flucht vor dem Kloster, drei Monate Glückseligkeit von zwei geistig und körperlich ideal zusammen passenden Liebenden, Trennung und Rückkehr in die Heimat sowie einen lebenslangen geistigen Austausch.

Der Autor war bemüht diese Inhalte mit realen Personen und Ereignissen in seinem Roman:

Henriette
Die große Liebe Casanovas

zu füllen und fiktive Begebenheiten, soweit wie nun irgendwie möglich, zu vermeiden.

Was war aber Dichtung und was war Wahrheit?

In dem vorliegenden Beiheft werden die historischen Grundlagen des Romans vorgestellt. Diese erforderten umfangreiche Recherchen. Denn je tiefer die Handlungen eines historischen Romans in der Vergangenheit angesiedelt sind, umso größer sind die Lücken, die ein Schriftsteller in seinem historischen Roman mit Fiktionen zu füllen hat.

Eine Besonderheit dieser Untersuchungen bestand darin, dass relativ viele Forschungsergebnisse vorlagen, aber diese sich häufig widersprachen und vieles nur auf Vermutungen fußte. Eine kritische Auseinandersetzung mit diesen Veröffentlichungen erbrachte zum Teil neue Erkenntnisse. In wenigen Fällen gab es aber auch Lücken, die nur zu schließen waren, mit den vermutlich wahrscheinlichsten Ereignissen.

In diesem Beiheft konnte nur auf einige, besonders umstrittene Probleme, eingegangen werden. Historische Ereignisse, die den Verlauf der Romanhandlungen wesentlich beeinflussten, hatten Vorrang.

Mit den Ergebnissen der Recherchen aber auch mit den Hypothesen und Indizien, die in den Roman eingeflossen sind, scheint die Debatte über die Einzelheiten in Henriettes Leben noch nicht beendet zu sein. Der Autor freut sich deshalb auf neue spannende Erkenntnisse.

Inhalt

1. Topographische Probleme

Die Stecknadel im Heuhaufen

Zur Klärung der wahren Identität Henriettes, nutzte die Mehrzahl der Casanova-Forscher in der Vergangenheit zumeist eine aus drei Schritten bestehende Untersuchungsmethode. Zuerst sollte das Gebäude ermittelt werden, in dem sich Henriette und Casanova trafen; danach die Familie, die das Haus in der betreffenden Zeit bewohnte und endlich, hoffte man auf ein Familienmitglied, das als Henriette in Frage kommen könnte.

Die Untersuchungen erwiesen sich als kompliziert. In etwa 800 Sommerhäuser zwischen Marseille und Aix-en-Provence pflegten der Adel und die reichen Bürger in den Frühlings- und Sommermonaten als ländliche Schlossherren, ein vornehmes Leben mit ritterlicher Gastlichkeit.[1]

Es war dringend geboten, die Untersuchungen einzugrenzen. Im „Heuhaufen" gab es aber einen Fixpunkt, der die Suche wesentlich erleichterte: Die Kreuzung der Königsroute mit der Route de Calais, bekannt als Croix d'Or, nahe der Ortschaft Bouc-Bel-Air. Casanova hatte in seinen Memoiren von dieser Kreuzung aus, sowohl für seinen Besuch im „schönen Haus" im Jahre 1763 als auch im „Schloss" 1769, die Entfernung zu diesen Gebäuden angegeben.

Die Bemühungen, den Ort der Gebäude zu finden, auf die alle Angaben Casanovas zutrafen, blieben trotz großer Anstrengungen, wenig erfolgreich.

Es setzte sich nun mehr die Auffassung durch, dass Casanova, um die wahre Identität von Henriette zu schützen, unwahre Angaben gemacht

---

[1] Kohle, Hubertus: Hyacinthe Rigauds Porträt des Gaspar de Gueidan und aristokratische Politik im Ancien Regime, ub., unimuenchen.de. 125661/1/oa

haben könnte. Davon ausgehend, wurden Orte gefunden, die zu den Angaben Casanovas im Widerspruch standen.

Es halten sich aber immer noch zwei Theorien:

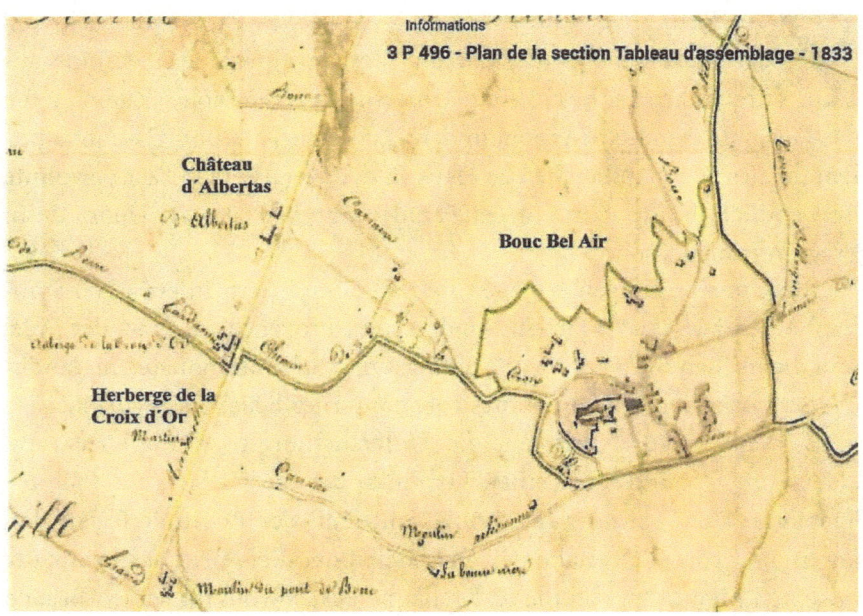

Bild 1 Auszug Cadastre Napoleon, Bouc-Bel-Air mit Croix d'Or 1833

Helmut Watzlawick begründete im Jahre 1989 seine These, dass Casanova im Jahre 1763 vermutlich zu Gast im Château d'Albertas war.[2] Über einige Jahre wurde diese Ansicht nicht in Frage gestellt.

---

[2] Watzlawick, Helmut: Fata viam invenient or Henriette forever, L'Intermédiaire des Casanovistes, Genf 1989, Nr. VI, S. 1–14

Noch heute wirbt die Ortschaft Bouc-Bel-Air mit dieser Geschichte in ihren Tourismusunterlagen.

Im Jahre 1996 widersprach Jean-Louis André dieser These und versuchte seinerseits zu beweisen, dass Casanova sowohl 1763 als auch 1769 zu Gast im <u>Château Valabre</u> gewesen war.[3] Helmut Watzlawick nahm dazu Stellung. Es entwickelte sich nun ein Meinungsstreit unter Freunden.[4]

Der vermutliche Irrtum
oder die unehrliche Simulation eines Unfalls

Trotz aller Gegensätze hatte der Austausch der unterschiedlichen Argumente eine Gemeinsamkeit: Beide Kontrahenten versuchten, ein Gebäude zu finden, dass den Aussagen Casanovas entsprach.

Casanova hat zu seinem Unfall im Jahre 1763 erklärt:

*„Gegen halb sechs Uhr, **eine Meile hinter Croix d'Or**, brach die Verankerung der Deichsel meines Wagens, sodass wir ohne Hilfe eines Stellmachers nicht weiterreisen konnten. Wir ergaben uns in die Notwendigkeit, so lange Warten zu müssen, und Clairmont ging, um Erkundigungen einzuziehen, in ein schönes Haus, das zur Rechten unseres Weges am Ende einer dreihundert Schritt langen Allee lag."[5]*

---

[3] André, Jean Louis: Sous le Masque d'Anne d'Arci: Adélaide de Gueidan. In: L'Intermédiaire des Casanovistes, Nr. 13. Genf 1996

[4] Watzlawick, Helmut: Audiatur et Advocatus Diaboli, L'Intermédiaire des Casanovistes, Nr. 13, Genf 1996, S. 17–19

[5] Conrad, Heinrich: Casanova, Geschichte meines Lebens, vollständige Übersetzung in zwölf Bänden, Gustav Kiepenheuer Verlag Leipzig und Weimar 1983, Bd. 9, S. 91f

Helmut Watzlawick nahm an, dass Casanova 1763 zu Gast im Pavillon d'Albertas (später: Château d'Albertas) war. Das Problem: Der Pavillon lag nur in einer Entfernung von etwa 300 Meter hinter der Croix d'Or. Er vermutete nun, dass Casanova sich gut an die Poststation Post du Pin, in unmittelbarer Nähe des Châteaus de Malle, ca. eine Meile vor der Croix d'Or erinnerte, weil dort die Pferde gewechselt, gefüttert und möglicherweise neue Postillione verpflichtet wurden, die Pferde und Postillione zu bezahlen waren und die Reisenden eine kurze Pause einlegen konnten. Weil er die Croix d'Or hingegen als unbedeutend hielt, vermutet er, dass Casanova die Post du Pin und die Croix d'Or verwechselte und die Entfernung von einer Meile bis zum Pavillon von der Post du Pin aus berechnete.[6]

Diese Annahme provozierte natürlich Fragen. Hatte Casanova die übliche Beschilderung mit den Namen der Posthalterei nicht bemerkt? War auf seinen Quittungen der Ort nicht vermerkt? Hat er sich nicht nach dem Ort erkundigt und nutzte er keine Karte?

War die Croix d'Or wirklich so wenig einprägsam? Immerhin gab es dort eine wichtige Kreuzung, einen Landgasthof, eine gut sichtbare Ortschaft auf einen Hügel und wenige Meter entfernt, einen Jagdpavillon. Sollte Casanova aber gewusst haben, dass er sich an der Post du Pin befand und wirklich, von diesem Punkt aus, die eine Meile gezählt haben, stellt sich die Frage, warum er die Post du Pin nicht als Ausgangspunkt angegeben hat.

Im Weiteren erklärt H. Watzlawick, das links von der Poststraße befindliche Pavillon und die fehlende Allee mit einer veränderten Wegeführung vor 1764.

---

[6] Watzlawick, Helmut: Fata viam invenient, S. 5

Durch die Umrundung des gesamten Areals und einen Eingang im Norden sowie einer „mit Bäumen gesäumten Gasse"[7] wurde es zu einem Haus zur Rechten mit einer Allee.

Es bleibt offen, warum die Allee nur 48–54 Schritte (80 bis 90 Meter) lang ist und nicht wie von Casanova angegeben, 300 Schritte. Zweifel verbleiben auch hinsichtlich der „Verlegung" des Ausgangspunktes der einen Meile durch einen „Irrtum" Casanovas von der Croix d'Or nach der Post du Pin. Sollte sich Casanova doch nicht geirrt haben und sein Ausgangspunkt ist, wie angegeben, die Croix d'Or, so befindet sich der Unfallort (am „ancienne entrée") ca. 460 Meter hinter der Croix d'Or.

Aber selbst bei Einrechnung des durch Baumaßnahmen bewirkten Umwegs läge der Unfallort nur ca. 750 Meter hinter der Croix d'Or. Die Differenzen zu der von Casanova angegebenen Meile betragen ca. 3.148 Meter (0,81 Meilen) bzw. ca. 3.430 Meter (0,88 Meilen).

Jean Luis André vertrat im Jahre 1996 die Auffassung, dass Casanova 1763 und 1769 zu Gast im Château Valabre war (Fußnote 3, S. 11).

Den Entschluss für den Besuch im Jahre 1763 soll er im Juli 1760 (fälschlicherweise 20. August genannt) während seines Aufenthaltes im Genf gefasst haben. Aus dem Text zu diesem Besuch liest André heraus, dass sich Casanova damit verraten hat, die wahre Identität Henriettes kannte und auch wusste, wo sie zu finden war.

Es handelte sich aber um eine Fehlinterpretation. Das Zitat enthält keine Aussage dazu. Es lautet vollständig:

„Da ich meine Dubois nicht mehr hatte, empfand ich eine große Leere, und es ergriff mich eine solche Begeisterung, dass ich augenblicklich mich

---

[7] André, Jean Louis: Sous le Masque, S. 3

aufgemacht hätte, um Henriette zu finden, <u>wenn ich gewusst hätte, wo ich</u> <u>sie suchen sollte</u>; und doch hatte ich ihr Verbot nicht vergessen."[8]

Während seines Aufenthaltes 1763 in Henriettes Haus erfuhr Casanova dann von seinem Diener Clairmont ihren Namen, der ihm aber nichts sagte und dem er nicht zuordnen konnte. Erst in einen Brief, den Marcolina ihn nach seiner Abreise in Avignon überreichte, gab sie sich zu erkennen. Es gibt bisher keinen Beleg dafür, dass er ihren Namen und ihren Aufenthaltsort schon früher kannte.

Natürlich stellt sich auch die Frage, warum Casanova mit seinem Besuch noch drei Jahre wartete. In dieser Zeit hätte er mehrere bessere Gelegenheiten dazu gehabt. Wie bekannt, stand er im Jahre 1763 unter enormen Zeitdruck. Madame d'Urfe erwartete ihm in Lyon und sein ungetreuer Komplize Passano war mit Vorsprung auf dem Weg zu ihr und wollte die Betrügereien Casanovas anzeigen. Ein Besuch bei Henriette, wenn er denn überhaupt ihren Aufenthaltsort kannte, war gar nicht geplant.

André vermutete aber:

„Es ist unwahrscheinlich, dass Casanova ihre Identität 1750 nicht kannte."[9]

Auf dieser Kernaussage baute er eine Kette weiterer Vermutungen auf:

„Wir glauben, dass er genau weiß, wohin er fahren musste."

Und *„Es ist kein Zufall, dass die Deichsel seiner Kutsche vor dem Eingang zum Schloss Henriettes kaputt ging. Casanova verursachte diesen Ausfall, weil er einen Vorwand haben wollte, um zu versuchen, sie wiederzusehen"*.

---

[8] Conrad, Heinrich: a. a. O., Bd. 6, S. 249
[9] Andre', Jean Louis: Sous le Masque, a. a. O. S. 6

Casanovas Route zum Château Valabre beschreibt André dann folgendermaßen:

„Tatsächlich änderte Casanova an der Croix d'Or seine Route. Anstatt auf der Königsroute weiter zu fahren, nimmt er rechts die alte Aix- Straße (gemeint ist die Chemin de Valabre). Sie führte genau eine Meile nach der Croix d'Or zu einer Brücke über den Luynes. Unmittelbar nach der Brücke befindet sich rechts von der Straße ein wunderschönes Portal, das zu einer schönen Allee führt, die von Bäumen gesäumt ist, die zum Château führt, das den Präsidenten Gaspard de Gueidan gehört. "[10]

Dass Casanova seine Route an der Croix d'Or änderte, ist wieder eine wenig glaubhafte Vermutung. Der Weg über die Chemin de Valabre war unbefestigt und führte durch einen engen, steilen und kurvenreichen Weg. Er steigt an bis zu einer Höhe von 230 m und fällt dann bis in das Tal der Luynes relativ steil auf ca. 130 m ab. Es erschließt sich nicht, worin der Vorteil dieser Route bestehen soll. Sie ist bis zum Château 1,38 Meilen lang.

Die Strecke über die ausgebaute Königsroute bis zur Kreuzung mit der Route der Gardanne (ca. eine Meile) und weiter auf der Route de Gardanne (ca. 0,5 Meilen) ist nur geringfügig länger aber viel komfortabler. Warum sollte Casanova die Route über die Chemin de Valabre wählen?

Die Strecke über die Chemin de Valabre von der Croix d'Or bis zur Brücke über den Fluss ist auch nicht genau eine Meile lang, sondern 1,2 Meilen. Es führt auch unmittelbar nach der Brücke keine schöne Allee zum Château, sondern die Verbindungsstraße zwischen den Ortschaften Luynes und Gardanne, geht am Château vorbei. In dieser, damals sehr

---

[10] Andre', Jean Louis: Sous la Masque, a. a. O., S. 7

wald- und wildreichen Gegend (Jagdpavillon des König René in Sichtweite des Châteaus!), war die Straße natürlich von Bäumen gesäumt.

Jean Louis André hat mit seinem beigefügten Bild selbst gezeigt, dass das Château aus Richtung Luynes, links, parallel zur Straße liegt und nicht rechts, wie von Casanova angegeben. Eine massive Mauer (Mur de Gueidan) entlang der Straße lässt keinen Platz für eine Allee.

Die Entfernung von der Brücke auf der angeblichen Allee bis zum Château beträgt über 700 m (ca. 0,18 Meilen). Mit den 300 Schritten von Casanova ist also nichts auszurichten. Es sind schon über 1.000 Schritte notwendig.

Folgt man den Angaben Casanovas, so war er mit an Sicherheit anzunehmender Wahrscheinlichkeit 1763 nicht im Château Valabre zu Gast.

Die Auseinandersetzung mit den beiden wichtigsten Theorien zeigte, dass die Suche nach den „schönen Haus" und dem „Schloss" noch nicht beendet ist. Strittige Meinungen und unterschiedliche Vermutungen sind aber keine optimale Grundlage für einen historischen Roman. Der Autor versucht sich nun selbst an einer Lösung des Problems.

Das geheimnisvolle „schöne Haus"

Aus den Memoiren ergibt sich kein Hinweis, aus dem man entnehmen könnte, dass Casanova im Jahre 1763 und 1769 zu Besuch im gleichen Gebäude war.

Aus der Beschreibung der Gebäude ist sogar zu entnehmen, dass es sich um unterschiedliche Baulichkeiten gehandelt haben muss.

Im Jahre 1763 will er in einem „schönen Haus" übernachtet haben, 1769 aber zu Besuch in einem „Schloss" gewesen sein. Henriette spricht in ihrem Brief an Casanova von einem Landhaus.[11]

Zu seinem Unfall im Jahre 1763 erklärt er:

*„Gegen halb sechs Uhr, **eine Meile hinter Croix d'Or**, brach die Verankerung der Deichsel meines Wagens, sodass wir ohne Hilfe eines Stellmachers nicht weiterreisen konnten."*

(Er war auf dem Weg nach Aix)

Im Jahre 1769:

*„Als ich nun von Aix abreiste, hatte ich in meiner Tasche einen Brief, wodurch ich mich bei ihr anmeldete. Ich beabsichtigte vor dem Tor des Schlosses zu halten, ihr den Brief hineinzuschicken und den Wagen nicht zu verlassen, wenn sie mich nicht dazu auffordern würde. Ich hatte dem Postillion Bescheid gesagt; **ihr Schloss lag anderthalb Meilen vor der „Croix d'Or".***[12]

(Er war auf dem Weg nach Marseille).

Aus diesen Zitaten ergibt sich zwischen den Orten ein **Entfernungsunterschied von einer halben Meile** und die Vermutung, dass es sich um zwei unterschiedliche Orte handelte.

Einen wichtigen Hinweis für die Lösung des Rätsels um den Besuch Casanovas 1763 in dem „schönen Haus" gibt Helmut Watzlawick in seinem Artikel von 1996.

In einer Analyse der Erzähltechnik Casanovas untersuchte er Transformationen, nutzlose Details, tote Motive sowie Abschweifungen und

---

[11] Conrad, Heinrich: Bd. 11, S. 185
[12] Conrad, Heinrich: a. a. O. Bd. XI, S. 175f

unterscheidet letztlich in „wahre" Erzählungen und romanhafte Erzählungen, die nach dramaturgischen Regeln des Theaters inszeniert wurden.[13]

Angewandt auf den Aufenthalt von Casanova in den „schönen Haus" kommt er zu dem Schluss, dass diese Beschreibung eher den Stil „wahr" entspricht und weniger einer beabsichtigten Inszenierung. Die logische Konsequenz: Wenn Casanova tatsächlich die Wahrheit gesagt hat, müsste sich in einer Entfernung von ca. einer Meile von der Croix d'Or das „schöne Haus" befunden haben oder noch befinden.

Die Existenz des „schönen Hauses", in der Casanova Henriette 1763 getroffen hat, nach über 250 Jahren zu beweisen, ist äußerst schwierig, weil zu diesem Zeitpunkt noch keine Katasterpläne für die Region existierten. Mit dem Gesetz vom 15. September 1807 führte Frankreich das Cadastre Napoléonien ein. Nach und nach entstanden nun die Katasterpläne für die Städte und Gemeinden. Die ersten Pläne für das Gebiet südlich Aix-en-Provence stammen aus dem Jahre 1828. Hilfsweise können diese Pläne von Nutzen sein.

Es ist aber zu beachten, dass das gesuchte Haus zu diesem Zeitpunkt schon über 65 Jahre alt gewesen wäre. Das Gebäude kann inzwischen eine Ruine sein. Mauerreste sind aber möglicherweise noch vorhanden, wie beispielsweise vom ehemaligen Château Luynes. Mitunter wurde auch auf den Grundmauern eines Gebäudes ein Neubau errichtet.

Weiter ist zu berücksichtigen, dass es im Frankreich des 18. Jahrhundert noch keine einheitliche Meile gab.

Man unterschied: Die Lieue Commune= 4,45 km, die Lieue Metrique= 4,0 km (zum 15.11.1800 als „System Legal" eingeführt) und die Lieue de Poste= 3,89807 km.[14]

---

[13] Watzlawick, Helmut: Audiatur et Advocatus Diaboli, L'Intermédiaire des Casanovistes, Nr. 13. Genf 1996, S. 18f
[14] Wikipedia.org.: Alte Maße und Gewichte (Frankreich)

Ständig Reisende wie Casanova, dachten in Postmeilen (Lieue de Poste) und Poststationen (Posten).

Interessant ist deshalb ein Haus in einer Entfernung von ca. **3.898** m. Diese Meile würde im oberen Teil der Route de Marseille enden.

Casanova hat die Länge der Allee in Schritten angegeben. Als Schrittlänge bezeichnet man die Differenz zwischen den Fersen Hinterkanten der Füße bei einem Schritt. Nach der DIN-Norm 18065, beträgt die Schrittlänge 590–650 mm. Casanova war mit 1,87 Meter recht groß. Er war jedoch in Bekleidung von Marcolina und hat sich vermutlich ihrem Schritt angepasst. Es ist daher eher eine Schrittlänge von 590 bis 610 mm zu vermuten. Bei den angegebenen **300 Schritten** wäre das Haus vermutlich zwischen **177 bis 183** Meter entfernt gewesen.

Die Entfernungsangaben suggerieren natürlich eine Genauigkeit, die es zur damaligen Zeit noch nicht gab. Überwiegend orientierte man sich an Entfernungsmarken und einzelne Postsäulen sowie an den Angaben der Postillione, die ihren jeweiligen Bereich gut kannten.

Die Suche im nördlichen Teil der Route de Marseille ergab, dass im Katasterplan von 1828 ein Objekt verzeichnet ist, dass den Angaben von Casanova entsprechen könnte. Die Entfernung von der Croix d'Or bis zum Beginn der Allee beträgt ca. 3.586 Meter (0,92 Meilen).

Die Differenz zu der von Casanova angegebenen Meile kann nicht nur aufgrund von Messungenauigkeiten entstanden sein, sondern auch durch eine andere, kurvenreiche Wegführung im Bereich des Übergangs von der Avenue de la Croix d'Or zu der Route de Marseille bei den drei Pigeons.

Die Entfernung zwischen der Straße und dem Gebäude, wird von Casanova mit 300 Schritt angegeben. Das entspricht der tatsächlichen Distanz nach der Karte von ca. 180 m. Das Haus befindet sich rechts von der Straße und ist auch mit einer Allee zu erreichen.

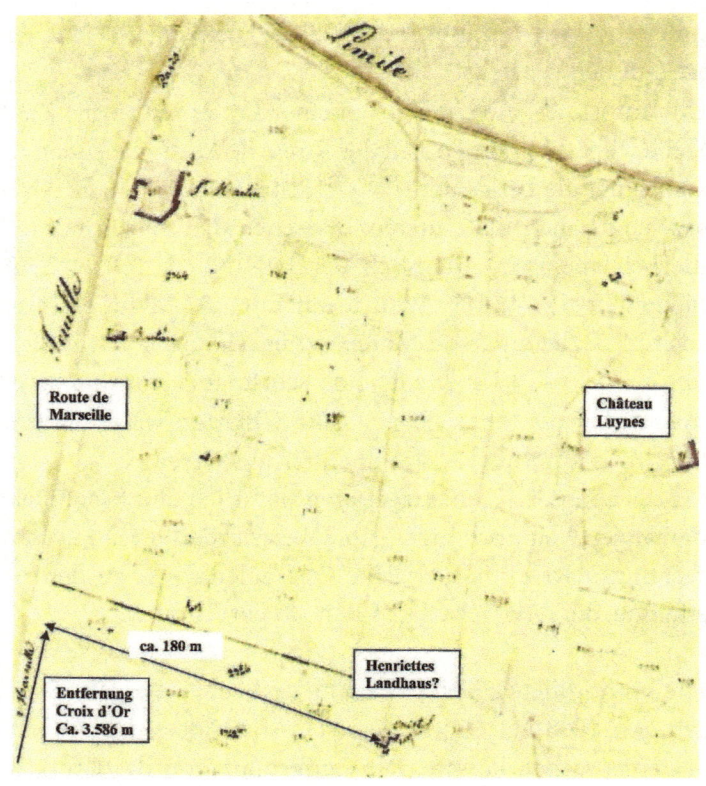

Bild 2 Auszug mit Beschriftung, Cadastre Napoléon 1828

Herrera berichtet nach seinem Studium in Archiven:
„Sie setzte ihr Leben als edle Dame fort und teilte ihre Tage zwischen der Villa in der Mitte der Stadt und das Château, welches sich nicht weit davon in der Marseille-Straße, nahe der Kreuzung Croix d`Or befindet, wo sie zufällig Casanova 14 Jahre später finden wird.“[15]

---

[15] Herrera, José Maria: Adagio para violoncelo (Los Archivos de Alvise Contarini), spanisch, Magazin fronterad digitales, 20.05.2014, S. 6

Wenngleich auch die Entdeckung des wahrscheinlich von Casanova im Jahre 1763 besuchten Gebäudes nicht unwiderlegbar erscheint, weil keine Karte aus dem Jahre seines Besuchs vorgelegt werden konnte, besteht doch durch die komplett vorhandenen Lageelemente und ihren relativ geringen Abweichungen von den benannten Entfernungsangaben, eine hohe Wahrscheinlichkeit, dass es sich um das richtige Haus handeln könnte.

Diese Ansicht findet auch ihre Bestätigung durch Vermerke des Vaters der wahrscheinlichen Henriette in seinen Büchern, in der er die Rückkehr seiner Tochter zu ihrer Familie exakt vermerkt hatte. Dieses Gebäude existiert nicht mehr. Nach einem historischen Luftbild von Google Earth von April 2002 waren nur noch einzelne Mauerteile der Ruine zu erkennen. In den Jahren 2009/2010 wurde auf dem Grundstück ein neues Gebäude errichtet.

Das „Schloss"

Im Jahre 1769, nach einer schweren Krankheit, blieb Casanova noch sechs Wochen in Aix-en-Provence, um in vollständig gesunden Zustand Henriette zu besuchen.

Die Lage des Châteaus hat Casanova sehr wahrscheinlich während seines Aufenthaltes in Aix-en-Provence in Erfahrung gebracht. Er nahm an allen Vergnügungen der feinen Gesellschaft teil, hütete sich aber, direkt nach Henriette zu fragen.

Ihren Namen hatte er bereits 1763 während seines Aufenthaltes in ihrem Haus erfahren. Er konnte ihn aber erst nach seiner Abreise in Avignon mit Hilfe ihres Briefes zuordnen. Es dürfte für Casanova kein großes Problem gewesen sein, ihre Adresse in Aix und die des „Schlosses" als aufmerksamer Zuhörer, Stichwortgeber und landschaftlich Interessierter zu ermitteln.

Ausgangspunkt ist das bekannte Zitat:

*Als ich nun von Aix abreiste, hatte ich in meiner Tasche einen Brief, wodurch ich mich bei ihr anmeldete. Ich beabsichtigte vor dem Tor des Schlosses zu halten, ihr den Brief hineinzuschicken und den Wagen nicht zu verlassen, wenn sie mich nicht dazu auffordern würde. Ich hatte dem Postillion Bescheid gesagt; **ihr Schloss lag anderthalb Meilen vor der „Croix d'Or."**[16]*

In einer Entfernung von ca. anderthalb Meilen rund um die Croix d'Or gab es in der damaligen Zeit nur ein repräsentatives schlossähnliches großes Gebäude: das Château Valabre. Aus der Sicht Casanovas, der von Aix-en-Provence nach Marseille unterwegs war, lag das Château tatsächlich vor der Croix d'Or. Der Weg Casanovas von Aix-en-Provence zum Château Valabre führte zuerst auf der Königsroute in Richtung Süden bis vor die Brücke über den Wildbach Luynes.

Um dann nach dem Château zu gelangen, hatte er nur eine Möglichkeit: Er musste die Poststraße verlassen und kam dann, entlang des Flusses auf der nicht ausgebauten Route de Gardanne bis zum Château.

Für die weitere Reise von Château Valabre in Richtung Marseille bis zur Croix d'Or gab es zwei Möglichkeiten:

1. Wieder zurück auf der Route de Gardanne bis zur Kreuzung mit der Route de Marseille und dann auf der Poststraße weiter bis zur Croix d'Or,
2. Weiter auf der Chemin de Valabre, einer schmalen kurvenreichen und nicht ausgebauten Straße über Bouc-Bel-Air zur Croix d'Or.

---

[16] Conrad, Heinrich: Bd. 11, S. 176

Die erste Route hat eine Länge von ca. 1,5 Postmeilen. Die zweite Route ist nur geringfügig kürzer (ca. 1,38 Postmeilen). Dieser Vorteil wird aufgehoben durch ein hügeliges, enges und kurvenreiches Streckenprofil.

Welche Weg Casanova genommen hat, kann nicht mit Bestimmtheit gesagt werden. Aufgrund der Messungenauigkeiten trifft seine Angabe:

„Ihr Schloss lag anderthalb Meilen vor der Croix d'Or",

mit an Sicherheit zutreffenden Wahrscheinlichkeit auf das Chateau Valabre zu.

Im Ergebnis seiner Untersuchungen ging der Autor im ersten Kapitel seines historischen Romans von folgenden Annahmen aus:

Nach seinem Unfall mit der Kutsche im Jahre 1763 und bei seinem Versuch, Henriette im Jahre 1769 zu besuchen, war Casanova nicht im gleichen Gebäude. Im Jahre 1763 übernachtete er wahrscheinlich in einem Haus in der Marseille Straße. 1769 war er im Château Valabre.

2. Zeitlicher Verlauf der Handlungen

Unklarheiten im zeitlichen Verlauf der Handlungen

Zu den zeitlichen Abläufen in den Memoiren von Casanova meint Childs sehr zutreffend:

„Wenn er berichtet, dass ein bestimmter Vorfall in einem bestimmten Monat stattgefunden hat, während wir durch Dokumente belegen können, dass nur ein anderer Monat dafür in Frage kommt, so ist Casanova dabei ein Irrtum unterlaufen, der gewiss nicht beabsichtigt war.

Wie alle Memoirenschreiber berichtet er von vielen Begebenheiten außerhalb ihrer zeitlichen Folge und bringt sie dann mit späteren Besuchen des gleichen Ortes durcheinander".[17]

Wann traf Casanova 1749 in Cesena ein?

Gesichert ist, dass er am 16.12.1748 in Venedig noch Taufpate war und unmittelbar danach, die Flucht vor der gerichtlichen Verfolgung, aufgrund mehrerer Vergehen, antrat. In den nächsten zehn Monaten streifte er scheinbar ziellos durch verschiedene Städte Italiens und vertrödelte die Zeit mit immer neuen Abenteuern.

Nach seiner Abreise aus Venedig war er zwei Tage in Verona und mietete sich danach in Mailand, vermutlich bis Ende Februar 1749, in das Hotel „Albergo del Pozzo" (Nähe der Porta Ticinese) ein.

---

[17] Childs, J. Rives: Casanova, Die große Biographie, Büchergilde Gutenberg, Frankfurt am Main, Wien, Zürich, 1978, S. 9

Über Cremona gelangte er schließlich nach Mantua. Genaue Angaben über die Dauer seines dortigen Aufenthaltes machte er nicht. Er berichtete nur, dass die Oper in Mantua unmittelbar nach Ostern begann, er alle Tage hinging und zwei Monate in der Stadt verbrachte. Mit einiger Berechtigung kann vermutet werden, dass er Mitte/Ende Mai Mantua verlassen hat.

In Mantua machte er die Bekanntschaft von Antonio di Capitani, Kirchenrechtskommissär, der ein Messer besaß, mit welchem angeblich Sankt Petrus das Ohr des Malchus abgeschnitten hatte. Er erkannte sofort, dass dieser Mann leicht zu betrügen war, weil er glaubte, damit einen Schatz heben zu können, der in Cesena verborgen sein sollte.

Mit einer Feluke fuhr er gemeinsam mit ihm von Ferrara nach Bologna und dann weiter mit der Kutsche nach Cesena. Er bezog Quartier bei Francia, einen reichen und einfältigen Bauern, um dort ein „Zauberwerk" (magische Beschwörung) zur Hebung eines Schatzes zu zelebrieren. Danach kam es im Gasthof „Post" in Cesena zum Treffen mit Henriette, der großen Liebe seines Lebens. Aufgrund der Lücken im zeitlichen Verlauf seines Umherziehens, konnte bisher seine Ankunft in Cesena nicht zweifelsfrei ermittelt werden.

Wann traf Henriette in Cesena ein?

Aus dem Studium der Rechnungsbücher von Henriettes Vater ergibt sich, dass Henriette ihrem Ehemann im März 1748 verließ und sich danach bis zum Oktober im Haus ihrer Eltern aufhielt.

Diese verließ sie danach für ca. drei Monate.[18] Diese Angaben werden auch von Jean Louis André bestätigt.[19]

Die Angabe „bis zum Oktober" ist sehr vage. Es bleibt unklar, ob sie ihre Eltern in der letzten Woche September verließ oder schon etwas früher. Verbürgt ist, dass sie den Seeweg nahm. Wann sie aber genau in Civitavecchia ankam, ist nicht bekannt. Damit fehlt das Ausgangsdatum, um die Tage bis zu ihrer Ankunft in Cesena zu rekonstruieren.

Wann trafen Henriette und Casanova in Cesena zusammen?

Dazu gibt es in der Literatur sehr unterschiedliche Meinungen. Childs meint, dass Casanova Henriette im Juli begegnete.[20] *„In Parma ließen sie sich für drei Monate nieder"* und weiter, *„Casanova und Henriette kamen gegen August in Parma an..."*[21]

Entscheidend ist, wann die drei Monate begannen.

Wann trennten sich Henriette und Casanova in Genf?

In Abhängigkeit vom Beginn der Beziehung der beiden kommen die Casanovisten, trotz Übereinstimmung hinsichtlich der Dauer des Beisammenseins, zu einem unterschiedlichen Ende der Beziehung.

---

[18] Herrera, José Maria: Adagio para violoncello (Los Archivos de Alvise Contarini), spanisch, Magazin fronterad Digitales, 20.05.2014, S. 8

[19] André, Jean Louis: Sous le Masque d'Anne d'Arci: Adélaide de Gueidan. In L'Intermédiaire des Casanovistes, Nr. 13. Genf 1996, S. 12

[20] Childs, J. Rives, a .a. O. S. 321

[21] Childs, J. Rives, a .a .O. S. 61

Es ist unklar, ob mit der Dauer des gemeinsamen Lebens nur der Aufenthalt in Parma gemeint ist oder die Zeit von der ersten Begegnung in Cesena bis zur Trennung in Genf einbezogen wird.

Das Zusammentreffen von Henriette und Casanova in Cesena

Die Reife des Hanfes und der Vollmond

Ein wichtiger Ausgangspunkt für die Bestimmung des Tages des Zusammentreffens von Henriette und Casanova ist der Tag der Geisterbeschwörung auf dem Grundstück des Bauern Giorgio Francia in Cesena. Casanova hatte angegeben, dass er seinen Mummenschanz zur Zeit des Vollmondes durchführte. Zu welchen Vollmond, verriet er aber nicht. Eine weitere Eingrenzung seiner Information war nötig. Hier bot sich eine Anmerkung von Casanova an. Bei seiner Ankunft auf dem Bauernhof hatte er eine stinkende Ausdünstung festgestellt, die die Luft verpestete. Sie rührte von dem eingeweichten Hanf her.

Die Idee mit Hilfe des Hanfes, den Zeitpunkt der magischen Beschwörung näher einzugrenzen, stammt von Maurizio Balestra. Der Autor nutzt seine Anregung für die genauere Bestimmung der Zeit des Zusammentreffens von Casanova und Henriette.

Hauptzweck des Anbaus in der Mitte des 18. Jahrhundert war die Fasergewinnung zur Herstellung von Segeln, Tauen und Textilien. Hierfür erfolgt die Ernte zur Vollblüte der männlichen Blüten.

In den Anbaugebieten in Italien in der Regel von Anfang August bis Anfang September.[22]

---

[22] Nutzhanf-Biologie, www.biologie-seite.de

Zu einen geringeren Teil, nur zur Samengewinnung, wurden dann noch bis Ende September, bei Vollreife, die weiblichen Samen geerntet. Durch den Anbau verschiedener Hanfsorten und einen unterschiedlichen Wetterverlauf, konnten sich die Erntezeiten ändern. Zumindest ein tageweise früherer oder späterer Erntebeginn war immer möglich.

Die Ernte erfolgte in aufwendiger Handarbeit in mehreren Arbeitsgängen. Als Casanova eintraf, war gerade die Röstung im Gange.[23] Im Allgemeinen wird der Hanf dabei ca. sieben Tage eingeweicht. Erst gegen Ende dieser Prozedur kommt es zu dem geschilderten Gestank. Der Röstung vorausgeht der Schnitt der bis zu vier Meter langen Stangen, eine erste Trocknung, das Schneiden der Stangen in handliche Stücke (60 bis 70 cm) und das Bündeln für die Röstung.

Geht man davon aus, dass Casanova am sechsten Tag des Röstens eintraf, für die erste Trocknung erfahrungsgemäß vier Tage benötigt wurden und die übrigen Arbeiten in zwei bis drei Tagen erledigt waren, könnte die Hanfernte wahrscheinlich 12 Tage vor seiner Ankunft begonnen haben.

Casanova erwähnt: *„In der folgenden Nacht musste ich mein großes Werk vollbringen, denn sonst hätte ich, nach dem allgemein herrschenden Glauben, bis zum nächsten Vollmond warten müssen."*[24]

Vollmond war im Raum Bologna am 28. August und am 26. September 1749.[25]

Im Zusammenhang mit einem Geschenk für die Tochter des Bauern, berichtet Casanova, dass er sich insgesamt bis zu 12 Tage im Hause des

---

[23] Unter Röstung, auch Wasserröstung, versteht man das Einweichen des Hanfes in Behältern oder Bächen zur besseren Ablösung der Rinde. „Röstung" leidet sich von Rötung der Rinde ab

[24] Conrad, Heinrich, Bd. III, S. 11

[25] Ewiger Mondkalender – search.t-online.de

Francia aufgehalten habe. Am Tage nach der Geisterbeschwörung sei er dann zu Fuß zurück nach Cesena gegangen.

Der Erntebeginn des Hanfes am 4. August und am 2. September liegt in der gewöhnlichen Erntezeit des Hanfes. Andere Termine des Erntebeginns in Bezug zum Vollmond, befinden sich außerhalb der Erntezeit des Hanfes in den Anbaugebieten Italiens. Offen ist, an welchen der beiden Vollmonde das magische Ritual tatsächlich stattfand. Eine Klärung dieser Frage ist möglich, wenn nachgewiesen werden kann, wann Casanova **und** Henriette in der „Post" von Cesena eintrafen.

Aus diesen Angaben ergibt sich vermutlich der folgende Ablauf:

Geisterbeschwörung 28. August		Geisterbeschwörung 26. September
4. August	Erntebeginn	2. September
15. August	Ankunft Casanovas Gasthof „Post."	13. September
16. August	Einzug Casanovas bei Francia	14. September
28. August	Geisterbeschwörung (Vollmond)	26. September
29. August	Umzug Casanovas Gasthof „Post."	27. September

Casanova gibt an, dass er am Tage nach der Geisterbeschwörung ein Schriftstück für Francia erstellt hat, ihm über das weitere Vorgehen informierte und Teile der benutzten Ausrüstung verbrannte. Vermutlich am nächsten Tag erfolgte der Transport seiner Sachen zurück nach Cesena in die „Post". An Capitani verkaufte er das Messer und die Scheide.

Am dritten Tag wollte er eigentlich abreisen, besuchte jedoch die Abendvorstellung des Theaters und lernte den Grafen Spada kennen. Auf Bitte des Grafen leistete er ihm Gesellschaft für weitere vier Tage.

Es ist daher relativ sicher, dass er nach der Geisterbeschwörung, noch mindestens sieben Tage in Cesena war, bevor es zum Treffen mit Henriette kam. Da er aber noch weitere Einladungen zum Essen erwähnte, kann nicht ausgeschlossen werden, dass er doch noch länger blieb.

Das bedeutet, dass Casanova etwa sieben Tage nach der Geisterbeschwörung oder noch einige Tage später, Henriette getroffen haben könnte.

Bezogen auf den Vollmondtag, 28. August, würde das bedeuten, dass er mit Henriette ab dem vierten September zusammenkommen konnte. Sollte die Geisterbeschwörung aber am 26. September stattgefunden haben, erst ab dem dritten Oktober.

Diese Erkenntnis steht im Widerspruch zu den Auffassungen von Maurizio Balestra, für dem die Geisterbeschwörung nur am 28. August stattgefunden haben kann. Er schreibt:

„Wir sind im Sommer 1749 und die für das magische Ritual gewählte Nacht ist der 28. August."[26]

Die These fußt auf einer willkürlichen Eingrenzung der Erntezeit. Er datierte die Erntezeit des Hanfes auf die Zeit zwischen Ende Juli und Anfang August und schränkte sie sogar noch weiter ein, auf die ersten zehn Augusttage. Unter diesen Bedingungen konnte der Erntebeginn natürlich nur der 4. August gewesen sein und die Geisterbeschwörung am 28. des Monates.

In der Regel erfolgt die Ernte des Hanfes in den Anbaugebieten Italien aber von Anfang August bis Anfang September (Fußnote 22). Bedingt durch die Einschränkung, wurde der ebenfalls bei Vollmond noch mögliche Erntetermin, Anfang September, von ihm nicht in Betracht gezogen.

Als weitere Belege für seine These führt Maurizio Balestra an: Der Gewittersturm, der bei der Geisterbeschwörung ausbrach, wäre ein typischer Sommersturm gewesen und damit sei bewiesen, dass die Geisterbeschwörung am 28. August erfolgte. Gewitterstürme sind aber nach den langjährigen Wetterbeobachtungen auch im September möglich. Da der

---

[26] Balestra, Mauritzio: Giacomo Casanova a Cesena nell'estate del 1749, S. 3

Hanf bei der Ankunft von Casanova unerträglich stank, wäre man in der Mitte August gewesen.

Vermutlich hätte Casanova aber auch den gleichen Geruch festgestellt, wenn er erst zur Erntezeit im September, auf den Bauernhof gekommen wäre.

Etwas gehaltvoller erscheint hingegen der Verweis auf eine Bemerkung Casanovas:

„Hierauf begab ich mich sofort nach Cesena, wo ich Capitani traf. Er wollte noch den Jahrmarkt in Lugo besuchen und dann nach Mantua zurückkehren."[27]

Der Jahrmarkt begann am 24. August und soll 15 Tage gedauert haben[28] Die Richtigkeit der Anmerkung und ihre Herkunft konnte nicht überprüft werden. Allgemein ist aus der Literatur zu entnehmen, dass sich in Frankreich erst in der zweiten Hälfte des 18. Jahrhunderts größere Märkte mit verschiedenen Warengruppen entwickelten.

Mit dem Bau des Pavaglione, eines großzügigen Marktkomplexes in Lugo, zwischen 1771 und 1784, fanden die verschiedenen kleineren Märkte, die verstreut auf öffentlichen Plätzen der Städte und Dörfer der Umgebung ihrer Tätigkeit nachgingen, eine gemeinsame Heimstatt. Vor den Bau des Pavaglione befand sich auf dem Platz nur eine ältere Loggia mit einem Seidenraupenkokonmarkt. Das im Jahre 1749 hier schon ein Jahrmarkt mit überregionaler Bedeutung stattgefunden hat, ist nicht erwiesen.

---

[27] Conrad, Heinrich, Bd. III, S. 15
[28] Conrad, Heinrich, Bd. III, S. 315, Anmerkung 8

Henriette soll sich bis zum Oktober im Hause ihrer Eltern aufgehalten haben.[29] Es wird angenommen, dass ihre Flucht in der letzten oder vorletzten Septemberwoche erfolgte. Sicher ist, dass sie den Seeweg genommen hat. Sie nutzte eine Tartane, eine der weitverbreitesten Segelschiffstypen im Mittelmeerraum. Dieser Schiffstyp wurde sowohl zum Transport von Frachten und Passagieren als auch in der Fischerei eingesetzt.

In der Variante als kleines Frachtschiff segelten die Tartanen zumeist entlang der Küste und orientierte sich dabei an Landmarken. Bei Wetterverschlechterungen konnten sie so schnell Nothäfen erreichen. Häufig wurden Zwischenaufenthalte in den Häfen entlang der Küste eingelegt, um Passagiere und Waren von und an Bord zu nehmen. Die Reisedauer war abhängig von der Anzahl und Dauer der Zwischenaufenthalte, den Windverhältnisse, der Strömung und der Beladung.

Bei den häufigen Westwinden auf dieser Route konnten Tartanen in Abhängigkeit von ihrer Takelung, (Lateinersegel, ein- oder zwei Masten, Top- oder Stagsegel), 8 Knoten (Seemeilen/Stunde) erreichen.

Für einen <u>groben Überschlag</u> der Dauer der Reise von Henriette von Aix-en-Provence nach Cesena wird sich auf eine typische Reiseroute bezogen.

Vermutlicher Reiseverlauf von Henriette bei 8 Seemeilen/Stunde:

1. Tag	Kutschfahrt Aix-en-Provence–Marseille, Übernachtung
2. Tag	Fahrt Marseille–Monaco: 119 Seemeilen = ca. 15 Stunden
3. Tag	Monaco, Be- und Entladung, Versorgung

---

[29] Siehe Fußnote 18 und 19

4. Tag	Fahrt Monaco–Genua: 78 Seemeilen = ca. 10 Stunden,
5. Tag	Fahrt Genua–Civitavecchia: 184 Seemeilen= ca. 23 Stunden
6. Tag	Ankunft am Morgen, Übernachtung in Civitavecchia
7. bis 10. Tag	Aufenthalt in Rom
11. bis 12. Tag	Kutschfahrt mit dem ungarischen Offizier nach Cesena
13. Tag	Übernachtung Cesena und Treffen mit Casanova.

Aus der überschläglichen Berechnung ergibt sich, dass Henriette bei einer Flucht in der Mitte der vorletzten Septemberwoche, vermutlich um den dritten Oktober in Cesena eingetroffen wäre.

Sollte sie erst in der Mitte der letzten Septemberwoche geflohen sein, wäre sie am 10.10. angekommen. <u>Bei der Geisterbeschwörung am 26. September hätte Casanova Henriette in Cesena getroffen.</u>

Bei einer Geisterbeschwörung am 28. August und gleichen Fluchtterminen, wäre Casanova ca. einen Monat zu früh in Cesena gewesen und hätte Henriette nicht getroffen. Ein Zusammentreffen wäre nur möglich gewesen, wenn Henriette bereits Mitte August geflohen wäre. Dafür gibt es aber keine Belege.

Die zeitlichen Differenzen zwischen den beiden Terminen sind so groß, dass auch Ungenauigkeiten, durch die Nutzung von Überschlagsberechnungen, der These nicht entgegenstehen:

Die Geisterbeschwörung war sehr wahrscheinlich am 26. September. Casanova hat Henriette vermutlich nach dem 3. Oktober in Cesena getroffen.

Weitere Belege stützen diese Aussage. Herrera berichtete: *„Casanova war nach dem Verlassen von Venedig noch zehn Monate ziellos unter-*

wegs, als es zum ersten Treffen mit Henriette kam. "[30] Diese Aussage würde ein Zusammentreffen im Oktober bestätigen.

Casanova bemerkt: *"Und so verbrachten wir drei Monate in einem Freudentaumel des Glücks.*[31]

Henriette spricht in ihrem Brief nach der Trennung, von vollen drei Monaten.[32] Ingo Hermann meint, dass sich die Lebenswege der beiden nach gut drei Monaten trennten.

Bei einer Geisterbeschwörung am 28.08.1749 und der Flucht von Henriette schon in der Mitte des Monates August, wäre die gemeinsame Zeit (etwa von Anfang September an) bereits zu Beginn des Monates Dezember zu Ende gegangen. Erwiesenermaßen endete sie aber erst im neuen Jahr.

Der Autor ist daher in seinem Roman davon ausgegangen, dass sich Casanova und Henriette nach seiner Geisterbeschwörung am 26. September 1749 am Anfang Oktober in Cesena trafen und Mitte Oktober ihr gemeinsames Zusammenleben in Parma begann.

Das Ende des gemeinsamen Zusammenlebens

Einen <u>ersten chronologischen Fixpunkt</u> bildet das Konzert, das die beiden auf Einladung des Barons Dubois-Chatellerault, Münzdirektor des Herzogs, zwei Tage nach Schluss der Oper besuchten.[33] Offensichtlich ist

---

[30] Herrera, José Maria: a. a. O. S. 3
[31] Conrad, Heinrich, Bd. III, S. 58
[32] Conrad, Heinrich, Bd. III, S. 89

[33] Conrad, Heinrich: Bd. III, S. 71 und Fußnote S. 323

die damals in Italien übliche neuntägige Pause während des Weihnachtsfestes gemeint. Dementsprechend hat das Konzert am **26.12.1749** stattgefunden.

Damen waren nicht geladen. Beteiligt waren Spanier und Franzosen des Hofes aus bester Gesellschaft. Die schöne Henriette, als einzige Dame, erregte zusätzliche Aufmerksamkeit durch ihr Spiel auf dem Cello. Ihr Auftritt verbreitete sich bei Hofe wahrscheinlich wie ein Lauffeuer aus und den Herzog nahestehende Höflinge, versuchten die geheimnisvolle Unbekannte, in der Hoffnung auf ein Abenteuer, kennenzulernen.

Den zweiten chronologischen Fixpunkt bilden Eintragungen im Geschäftsbuch ihres Vaters, Gaspard de Gueidan. Mit dem 14. Februar 1750 wurden wieder Ausgaben für sie nachgewiesen; Henriette war offenbar wieder bei ihrer Familie in der Provence.[34]

Was wissen wir über die Zeit vom 26.12.1749 bis zum 14. Februar?

Am 26.12.1749 war das Konzert bei Dubois-Chatellerault.
Drei **oder** vier Wochen danach begegneten Henriette und Casanova auf einer Spazierfahrt den Generalintendanten des Herzogs von Parma, Dutillot. Henriette lehnte ein Treffen mit ihm ab, da er ihr nicht vorgestellt war.

Drei weitere Wochen später, beim Fest in Colorno, glaubte Monsieur d'Antoine, ein Höfling, dass er Henriette kennt.

Es ist möglich, dass sich Casanova nicht mehr genau an die beiden Ereignisse in den ersten Wochen des Jahres 1750 erinnerte. Nach seiner Schilderung setzten seltsamerweise erst mehrere Wochen nach dem

---

[34] André, Louis Jean: Sous le Masque, a. a. O. S. 12

Konzert die Annäherungsversuche der Höflinge ein. Auffällig ist auch, dass er nicht mehr genau die Anzahl der Wochen angeben kann. Vermutlich haben sich die beiden Kontaktversuche zum gleichen Zeitpunkt ereignet oder sich überschnitten.

Geht man davon aus, dass sie sich in den ersten drei Wochen ereigneten, ergibt sich eine lückenlose Reihung der Ereignisse bis zur Rückkehr der Henriette zu ihrer Familie. Das spricht für die Richtigkeit dieser Annahme.

Möglicher zeitlicher Verlauf:

16.01.1750	Fest in Colorno.
4 Tage später:	D'Antoine bat Casanova um ein Gespräch (um den *20.01.1750).*
1 Tag später:	Henriette empfängt d'Antoine. Formulierung eines Schreibens an ihre Eltern. Abreise für 14 Tage nach Mailand (um den *21.01.1750).*
14 Tage später:	Rückkehr aus Mailand, Henriette teilt Casanova mit, dass sie sich trennen müssen *(um den 04.02.1750).*
6 Tage später:	Henriette verlässt Casanova in Genf *(um den 10.02.1750).*
4 Tage später:	Ankunft Henriette in Aix-en-Provence *(etwa 14.02.1750).*

Ausgehend von seinen Untersuchungen, nutzte der Autor in seinen Roman folgenden wahrscheinlichen Handlungsablauf:

Gesamtverlauf
Anfang Oktober 1749 (06.–10.):
Zusammentreffen in Cesena

Zusammenleben in Parma

Mitte Oktober 1749 (12.–18.):
Beginn des gemeinsamen
Zusammenlebens in Parma

Mitte Januar 1750 (21.):
Ende des gemeinsamen
Zusammenlebens in Parma

Ende Januar 1750 (21.01.–04.02.):
Aufenthalt in Mailand

Anfang Februar 1750 (10.02.):
Trennung von Henriette in Genf

ca. 4 Monate

ca. 3 Monate

3. Familienverhältnisse und Ehe

Die Familie de Gueidan

Die Familie Gueidan stammt aus der Ortschaft Reillanne. Im Viehhandel reich geworden, kaufte sich Gaspard Gueidan (1616–1697) eine Stelle als Archivprüfer beim Rechnungshof der Provence. Damit eröffneten sich ihm die Möglichkeit, langsam in den Adelsstand hineinzuwachsen. Sein Sohn Pierre (1646–1734) setzte diesen Weg fort. Er kaufte 1713 das Amt des Präsidenten des Rechnungshofes.

Gaspard de Gueidan (1688–1767) vollendete dann den Aufstieg in den Adel. Er kaufte am 10. Mai 1714 den Posten des Generalanwaltes des Parlamentes. Im Jahre 1740 erreicht er den Höhepunkt seiner beruflichen Karriere. Er wurde Präsident des Parlaments.

Damit nicht zufrieden, strebte er nun den Titel eines Marquis (Markgraf vergleichbar) an. Diesem Ziel ordnete er alles unter.

Sein Aufstiegsplan war komplex:

I. Im Jahre 1746 setzte er beträchtliche Mittel ein, um durch den Ankauf von Ländereien die Voraussetzungen für ein Marquisat zu schaffen. Er erwarb Ländereien in der Diözese Glandèves, Castellet, d'Aurenc, Moustereit und Lucille. Zu dem Palais im Cours Mirabeau Nr. 22, kaufte er noch ein weiteres Palais in der Nr. 10. Außerdem erstand er ein Sommerhaus in der Route Marseille. Das alte Haus der Familie in Reillanne, ließ er restaurieren.

Mit der Erweiterung seines Grundbesitzes schaffte er die wichtigste Voraussetzung für die Erhebung in ein Lehen des Königs (Marquisat).

II. Eine wichtige Rolle, bei seinen Aufstiegsbemühungen, spielten seine Kinder. Sie waren dazu ausersehen, die Zugehörigkeit zum alten Adel zu demonstrieren und neue einflussreiche Beziehungen anzuknüpfen. Joseph-Gaspard, sein ältester Sohn und Nachfolger, sowie Adelaide und ihre Schwester Catherine, sollten baldigst verheiratet werden. Als künftige Schwiegersöhne und Schwiegertochter kamen natürlich nur Angehörige der Noblesse d'epéé (Schwertadel) in Frage. Adelige der Noblesse de Robe (Dienstadel) waren nicht gefragt.

Das erwies sich als schwierig. Im Adel der Provence war die Herkunft der Familie Gueidan bekannt. Die Angehörigen des alten Adels zierten sich.

Mit dem Einsatz einer beträchtlichen Mitgift konnte er aber immerhin die schöne Adelaide (Pseudonym „Henriette") mit einen Marquis aus alten Landadel verheiraten (darüber ist später zu berichten). Für den älteren Sohn und Catharine Polyxene fanden sich vorerst keine Heiratsmöglichkeiten.

Die drei jüngeren Söhne, Pierre Claude Secret de Gueidan (1733–), Etienne Alexandre de Gueidan (1735–) und Timoléon de Gueidan (1744–) waren für eine Karriere im „Souveränen Ritter- und Hospitalorden vom Heiligen Johannes von Jerusalem von Rhodos und Malta", kurz: Malteserorden, vorgesehen. Sie sollten in den Militärdienst des Ordens eintreten und Ritter von Malta werden.

Das erwies sich als nicht so einfach. Der Malteserorden war ausschließlich für den Geblütsadel (Noblesse de epéé) vorgesehen. Somit nicht für die Kinder der Familie Gueidan.

Außerdem war bekannt geworden, dass Vorfahren der Mutter von Gaspard de Gueidan, Madeleine de Trets, jüdischen Glaubens waren. Aus den Archiven von Avignon ging hervor, dass die Trets in der Liste der Neophyten standen (Konvertiten der jüdischen Religion). Der Orden war aber im Kampf gegen das Judentum und zum Schutz der Christen während der Kreuzzüge gegründet worden.

Gaspard erwies sich als großzügiger Förderer und Geldgeber des Ordens. Mit seiner Unterstützung konnten in der Église Saint-Jean-de-Malte (Kirche des Heiligen Johannes) in Aix dringende Reparaturen ausgeführt werden. In verschiedenen Gerichtsprozessen leistete er den Angehörigen des Ordens wichtige Hilfe. Die Eintragung der Trets in der Liste der Neophyten, erklärte er mit einer Verwechselung durch eine falsche Schreibweise des Namens. Die Ordensritter taten so, als glaubten sie ihn und nahmen die Kinder auf.

Dass sich die Türen einer solchen Institution öffneten, verbucht Gaspard de Gueidan als wahren Triumph. Wie sich später herausstellen sollte, war es ein Pyrrhussieg. Die Kinder wurden als „Sergantenbrüder" in den dritten Stand des Ordens aufgenommen.

In diesen Stand gab es Nichtadlige, aber auch Adlige, die nicht die Zugangsvoraussetzungen der Ritterbrüder erfüllten, kein Gelübde oder Promesse ablegten und denen ein Aufstieg in den zweiten oder ersten Stand versagt blieb.[35] Betroffen von diesen Regeln waren Etienne Alexandre de Gueidan und Timoléon de Gueidan. Sie legten kein Gelübde ab und dienten lebenslang als Krankenhausbrüder.

Pierre Claude Secret de Gueidan legte das Gelübde ab und wurde aber erst im Alter von 52 Jahren zum Ritter von Malta geschlagen.[36] Es scheint so, als wenn der Orden den Wunsch Gaspard zwar erfüllte und seine Kinder aufnahm, ihnen aber eine glanzvolle Karriere versagte.

Die Mitgliedschaft bedeutete generell ein Leben in Armut, Keuschheit und Gehorsam. Auch Brüder, die kein Gelübde abgelegt hatten, waren an diese Regeln gebunden. Alle drei Söhne blieben unverheiratet und

---

[35] Geschichte des Johanniterordens, wikipedia.org/wiki
[36] A B und C, de la Roque, 1891, kol. 114, in: Gaspard de Gueidan, wikipedia.org/wiki

kinderlos. Wie sich später zeigen wird, ein Manko für den Weiterbe-
stand der adligen Familie.

III. Gaspard de Gueidan setzte umfangreiche Mittel für seine Selbstin-
szenierung und die Aufwertung seines Geschlechtes ein. Im Jahre 1719,
als Generalanwalt des Parlaments, ließ er sich von Hyacinthe Rigaud in
einer Rednerpose porträtieren. Es zeigt ihn noch als seriösen Amtsträger.

In seinen späteren Jahren wollte er aber an seine unfreie Dienstbar-
keit nicht mehr erinnert werden. Er beauftragte 1734/35 Rigaud, für den
Spitzenpreis von 3.000 Livre, mit einem Rollenporträt, welches ihn als
Schäfer mit einer Musette (Abart des Dudelsacks) und Hund darstellte.[37]
Er wollte damit sein neues Selbstverständnis als feinsinniger Geistes-
mensch demonstrieren, der sich Hoffnung auf eine Aufnahme in die
Académie de Française machte.

Bild 3 Gaspard de Gueidan als Gene-
ralanwalt des Parlamentes

Bild 4 Gaspard de Gueidan als
Schäfer

Im Jahre 1730 porträtierte Nicolas de Largilliere, Angélique Simiane de Gueidan als Flora. Es folgte etwa 1740, das Doppelporträt von Claude Arnulphy: Adelaide de Gueidan und ihre Schwester Polyxene mit Cembalo und Cello.

IV. In den dreißiger Jahren kaufte Gaspard de Gueidan im Kloster Observatinos eine Kapelle. Diese baute er nach und nach in ein Mausoleum für den angeblichen Stammvater seines Geschlechts, den Kreuzritter, Gauche de Forcalquier, um. Mit einer dazu passenden Geschichtsfälschung versuchte er später sich als zum Schwertadel gehörig zu präsentieren. Auf diese Episode wird im vierten Teil der Studie näher eingegangen.

Zusammenfassend kann man sagen, dass der überzogene Ehrgeiz des Gaspard de Gueidan, die Familienverhältnisse maßgeblich dominierte. Er nutzt seine Kinder, ungeachtet ihrer persönlichen Wünsche, um seinen Aufstieg in und innerhalb des Adels zu bewerkstelligen.

Die Familie de Demandolx

Die Demandolx gehörten zum alten Adel der Provence. In den Besitz ihrer Ländereien sollen sie schon im 15. Jahrhundert gekommen sein. Im Jahre 1492 heiratete der Sohn des Lord Demandolx die Tochter eines Ministers des Grafen der Provence. Der Schwiegervater hatte sehr große Ländereien und trat den Ehemann seiner Tochter die Herrschaft La Palud und Meyreste ab. Dieser beschloss, künftig dort zu wohnen, und baute eine Burg in der Ortschaft La Palud, die nie fertig wurde und nur aus einem Seitenteil der heutigen Anlage bestand.

Die Sippe der Demandolx gliederte sich in vier Zweige. Die Herrschaft von La Palud war der zweitjüngste Zweig. Er erlosch mit dem Tode von

Jean-Gaspard de Demandolx, des Sohns von Adelaide de Gueidan, im Jahre 1830.

Die Ahnentafel der de Demandolx läßt sich bis in das 16. Jahrhundert zurückverfolgen. Auffällig ist die starke Verbindung mit der großen Familie de Blacas, die auch bis in diese Zeit zurückreicht. Der Urgroßvater von Pierre-Louis de Demandolx La Palud, mütterlicherseits, war Louis II de Blacas d'Aulups (ca. 1610-), Großmutter, Diana Francoise de Blacas d'Aulups (1650-1710). Seine Urgroßmutter, väterlicherseits, war Gabrielle de Blacas d'Aulups (ca. 1620- 1717).

Zu der weitverzweigten Familie de Blacas gehörte auch der Oberstleutnant in spanischen Diensten, Francois Graf d'Antoine-Blacas, Ritter von Malta, der als Trauzeuge von Adelaide und Helfer bei ihrer Rückkehr in die Provence, eine wichtige Rolle spielte.

 Pierre-Louis de Demandolx La Palud, der Ehemann von Adelaide de Gueidan, wurde am 26. Oktober 1715 geboren. Er starb am 10. September 1796 in Marseille, Rue Helvétius. Er war also zehn Jahre älter als Adelaide de Gueidan.

Der Vater von Pierre-Louis de Demandolx, Pierre de Demandolxs La Palud (1682- 1746/1748),[38] heiratete keine Dame aus der Familie de Blacas. Er brachte frisches Blut in die Familie. Im Jahre 1711 ehelichtete er, Anne d'Aubert, (ca. 1690- 1755), eine wohlhabende junge Witwe.

---

[38] Archiv Portal Europa, Familie de Demandolx La Palud, Bestandsregister FR/FR AD 013/156. Nach dieser Quelle verstarb Pierre-Louis im Jahre 1746. Nach Généalogie par wikifrat… 1748

Wirtschaftliche Lage

Die Ländereien der Demandolx lagen auf einem von tiefen Schluchten durchzogenen Hochplateau in einer Höhenlage von 470 bis 1.900 Meter. Sie erbrachten kaum Einkünfte, die Schulden wuchsen seit vielen Jahren. Bodenerosion, unregelmäßige Erträge, die Verschlechterung der Böden und harte Winter hatten zu Hungersnöten geführt. La Palud war ein Dorf mit weniger als 200 Einwohner.

Die Nöte der Bauern interessierten die Herrschaft wenig. Sie versuchten immer noch mehr aus ihnen heraus zu pressen. Stand dem Herrn früher für alle geernteten Getreidesorten ein 16. Teil zu, so verlangte er später einen noch viel größeren Teil. Die Bauern flohen aus der Gegend. Gab es in der Lordschaft der Demandolx im Jahre 1728 noch 79 Familien, so waren es 1745 nur noch etwa 50.[39]

Der Niedergang der Lordschaft hatte aber auch noch andere Ursachen. Sowohl Pierre-Louis als auch sein Vater konnten nicht mit Geld umgehen und lebten über ihre Verhältnisse. Die Heirat des Vaters mit Anne d'Aubert erwies sich da als wahrer Glücksfall. Sie war eine Frau mit „Kopf", konnte mit der Bevölkerung gut umgehen und kam mit Geschäften sehr gut zurecht. Sie tilgte die Schulden ihres Ehemannes und des Schwiegervaters, baute einen Teil der Hypotheken ab, die mit dem Erwerb des Marquisates (1738) die Ländereien belasteten und begann im Jahre 1744 mit der Restaurierung des herunter gekommenen Châteaus.[40]

Die Demandolx hatten in der Region einen schlechten Ruf. Zwischen ihnen und den Bauern bestand eine offene Feindschaft.

---

[39] Cru, Jacques: Histoire des Gorges du Verdon, Édisud 2001, S.249
[40] Cru, Jacques: a. a. O. S. 252

Die Ursachen dafür sollen ihre Streitlust und Rücksichtslosigkeit gegen die verarmte Bevölkerung gewesen sein, die bis zu Handgreiflichkeiten geführt hatten. Vater wie Sohn führten ständig Gerichtsprozesse, die viel Geld kosteten und von Generation zu Generation „vererbt" wurden.

Das Kurioseste war ein Rechtsstreit vom 20. Mai 1304. Gefordert wurde eine Ausgleichszahlung für den Schutz, den die Demandolx der Gemeinschaft angeblich gewährt hatten, um das Obst und die Quellen auf der Weide vor den Hirten zu schützen.[41] Die Gemeinschaft wurde zur Zahlung von 2.473 Pfund verurteilt. Da sie nicht zahlen konnte, musste sie bei der Intendanz der Provinz das Geld leihen und verschuldete sich noch mehr. In diesen Jahren gab es bei mehr als 50 Familien Hungersnöte.

Mit der Heirat der reichen Witwe Anne d'Aubert, hatte Pierre de Demandolx ein „Geschäftsmodell" zur Erhaltung des verarmten Marquisates geschaffen. Sein Sohn Pierre-Louis de Demandolx führte es weiter mit der Heirat von Adelaide de Gueidan. Der Sohn des Ehepaares Jean- Gaspard de Demandolx, machte es wie seine Vorgänger. Er heiratet Rosalie Jeanne de Borély aus einer der reichsten Familien von Marseille.

Der Erhalt der Herrschaft scheint seit Generationen nur noch durch die Heirat reicher Ehefrauen möglich gewesen zu sein.

Hochzeit und Ehe

Mit der Eheschließung am 24. Januar 1745 kamen zwei Partner zusammen, die nicht unterschiedlicher sein konnten.
Die Braut:

---

[41] Cru, Jaques: a. a. O. S. 253

Anne-Thérèse- „Adelaide" de Gueidan, eine 19-jährliche Schönheit, hochgebildet, intelligent und geistreich, musikalisch begabt, taktvoll und höflich, eine ungewöhnliche emanzipierte Frau für die damalige Zeit, die mit Selbstbewusstsein und Willensstärke sich durchsetzen konnte.

Der Bräutigam:

Pierre-Louis de Demandolx La Palud, ein Landadliger aus den Verdon, 10 Jahre älter als seine Braut, mit rudimentärer, auf die Verwaltung der Ländereien konzentrierter Bildung und wenig Interesse an Literatur, Kunst und Musik. Selbstbewusst, streitsüchtig, mit Neigung zu Rücksichtslosigkeiten und Gewalttätigkeiten, verteidigte er die Gehorsamspflicht des Weibes und Züchtigungsrecht des Mannes.[42]

Die Motive der Familien für die Heirat ergeben sich bereits aus der Vorstellung der Familien. Der Familie Demandolx benötigte dringend Geld. Die Familie Gueidan wollte einen Schwiegersohn aus altem Adel (Schwertadel) und den Titel einer Marquise für eine ihrer Töchter.

Es ist ziemlich sicher, dass Adelaide gegen diese Hochzeit war. Ihr dominanter und ehrgeiziger Vater duldete aber keinen Widerspruch. Die Ehe war arrangiert, wie viele Ehen in der damaligen Zeit. Wobei zu beachten ist, dass die Grenzen zwischen arrangierten Ehen und Zwangsehen oftmals fließend waren.

Neben den Auswirkungen, die sich aufgrund der sehr unterschiedlichen Persönlichkeiten der Eheleute ergaben, kam für Adelaide de Gueidan erschwerend hinzu: Sie wechselte von einem schönen Palais in ein einsames heruntergekommenes Château. Erst ein Jahr vor ihrer Heirat

---

[42]Cru, Jacques: a. a. O. S. 252. Gru verweist auf die Vorliebe für Rücksichtslosigkeiten des Pierre- Louis de Demandolx sowie auch die seines Vaters Pierre de Demandolx

hatten Reparatur- und Instandsetzungsarbeiten begonnen. Das Château blieb bis zum Ende ihrer Tage eine Baustelle. Ein gesellschaftliches Leben, wie sie es von Aix gewohnt war, gab es nicht.

Es gibt keine belastbaren Belege, die Auskunft über das tatsächliche Eheleben geben könnten. Um nicht zu sehr in Spekulationen abzugleiten, hat der Autor sich auf wenige vorhandene Fakten konzentriert.

Die Geburt der Kinder

In einigen Généologien und in der Casanova- Literatur wird überwiegend die Ansicht vertreten, dass Adelaide de Gueidan drei Kinder geboren hat. Das ist nicht ganz richtig.

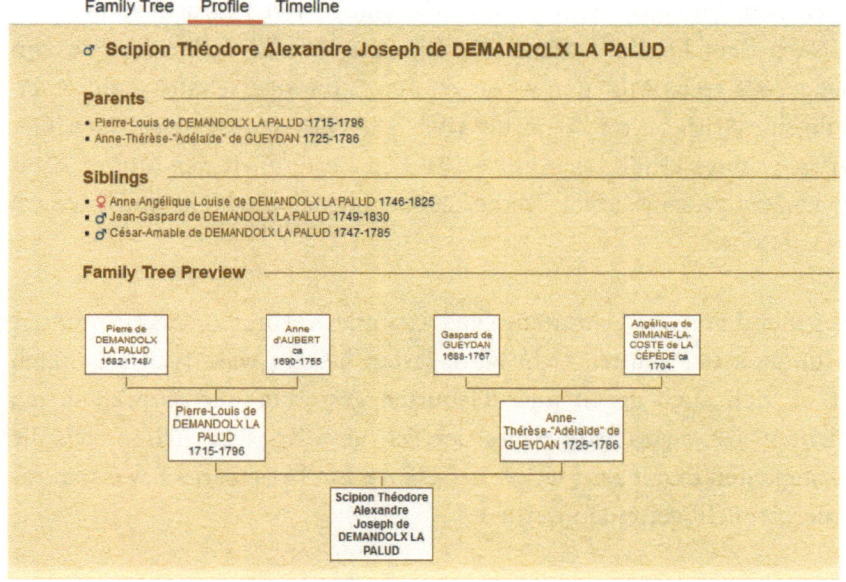

Bild 5 Scipion Théodore Alexandre Joseph de Demandolx La Palud

47

Es wird dabei die Geburt eines Sohnes im Jahre 1745 unterschlagen, der im gleichen Jahr als Säugling oder auch bereits bei der Geburt verstarb.

Unter Berücksichtigung des verstorbenen Säuglings ergibt sich folgende aufschlussreiche Geburtenfolge:

In den 47 Monaten zwischen der Zeugung des ersten Sohnes bis zur Geburt des letzten Sohnes, war Adelaide ca. 36 Monate schwanger. Die schwangerschaftsfreie Zeit betrug etwa 11 Monate, die Abstände zwischen den Schwangerschaften durchschnittlich ca. 3,5 Monate. Wenn man die Zeit des Wochenflusses (Wundheilung) einrechnet, war der Abstand nur knapp drei Monate im Durchschnitt.

Was der gerade 20-jährigen in vier Jahren widerfahren ist, erlebten damals viele Frauen. Fast ein Drittel der Neugeborenen starben im ersten Lebensjahr. Im Durchschnitt hatten die Frauen sechs bis acht Kinder.

Nach dem heutigen Stand der Wissenschaften, sind Abstände von weniger als sechs Monaten zwischen den Schwangerschaften, mit einen Frühgeburtsrisiko von 40 % behaftet. Das Risiko eines niedrigen Geburtsgewichtes erhöht sich auf 61 %. Die Gesundheit der Mutter kann beeinträchtigt sein (Meta Studie, 2006, Journal oft American Medical Association).

Ausgehend von der Geburtenfolge kann man vermuten, dass es mit der Gesundheit der Mutter nicht zum Besten bestellt war. Wahrscheinlich hat sie sich auch gegen neue Geburten gesträubt und ihre ehelichen Pflichten verweigert. Sollte dies der Fall gewesen sein, hätten sich die Zwistigkeiten in der Ehe, weiter verschärft. Ein belastbarer Beweis konnte hierfür nicht gefunden werden.

Darstellung der Geburten

	1745	1746	1747	1748	1749

Scipion Théodore Alexandre Joseph
p.c. 02/45 — * 11/45

Anne Angélique Louise
p.c. 30.01. — * 23.10

César-Amable
p.c. 22.02 — * 15.11

Jean-Gaspard
p.c. 21.05 — * 11.02

Ereignisse
Flucht vor Kämpfen 11/46 bis 02/47 nach Aix-en-Provence

Flucht 03/49 zu Eltern nach Aix

Legende
p.c. = post conception (wahrscheinlicher Zeitpunkt der Befruchtung/ Zeugung)
* = Geburtsdatum

Konflikte in der Ehe

Das uneheliche Kind

Der letztgeborene Sohn, Jean-Gaspard, war sehr zierlich und nach Meinung seines Vaters kaum lebensfähig.

Es ist nicht auszuschließen, dass sich der Herr von La Palud und Meyreste zu dieser Aussage hinreißen ließ, durch die Erinnerung an den als Säugling verstorbenen erstgeborenen Sohn. Er soll außerdem behauptet haben, dass der Neugeborene nicht sein Sohn sei und sich dabei auf den augenfälligen körperlichen Unterschied zwischen den Kindern berufen haben.[43] Die Zerrüttung der Ehe erreichte vermutlich damit ihren Höhepunkt. Diese Aussage könnte die Flucht von Adelaide zu ihren Eltern ausgelöst haben.

War Jean-Gaspard aber tatsächlich ein uneheliches Kind?

Es spricht vieles dafür, dass das niedrige Geburtsgewicht seine natürliche Ursache in den viel zu kurzen Abständen zwischen den Schwangerschaften hatte (wie oben erläutert) und nicht auf ein Verschulden oder auf die Untreue, der Ehefrau zurückzuführen war.

Jean-Gaspard wurde am 11. Februar 1749 geboren. Seine Mutter floh nachweislich im März zu ihren Eltern. Es ist nicht sehr glaubhaft, dass ihr Ehemann bei einem so jungen Säugling schon mit Gewissheit erkennen konnte, dass es nicht sein Sohn ist. Er musste also andere Informationsquellen besitzen. Sollte dies aber der Fall sein, ergibt sich die Frage, warum er erst nach der Geburt den Vorwurf erhob.

---

[43]Summers, Judith: Casanovas Frauen: Der große Verführer und die Frauen, die er liebte, Blomsbury Publisling 2012, S. 144ff

Mit der Eintragung des Namens in das Geburtenregister hat der Ehemann seine Vaterschaft anerkannt. Nach den Gebräuchen des 18. Jahrhundert in Frankreich, erhielten die Nachkommen der Mätressen der Adligen, wenn sie nicht vom Vater anerkannt waren, den Familiennamen der Mutter ohne Adelsprädikat. Wurde die Vaterschaft anerkannt, bekamen sie den Namen des Vaters mit Adelsprädikat. Wie verfahren wurde, bestimmte allein der Vater.

Viel weniger Chancen auf Anerkennung der Vaterschaft hatten natürlich die Nachkommen von adligen Ehefrauen, deren Ehemänner nicht die leiblichen Väter waren und infolge eines Fehltrittes der Mutter zur Welt kamen. Hier war weit verbreitet, dass die Schande mit zum Teil menschenunwürdigen Mitteln und Methoden getilgt wurde. In den Genealogien und Taufregistern sind die nicht anerkannten Nachkömmlinge nicht eingetragen. Sie wurden als sogenannte „Tote Punkte" bezeichnet.

Im Geburtenregister wurde La Palud als Geburtsort angegeben. Nach Jean Louis André wurde Adelaide von oder auf Antrag ihres Ehegatten und Schwiegervaters mit der Entbindung in einem Kloster gedroht.[44] Dafür gibt es keine Belege. Adelaide ist erst nach der Entbindung zu ihren Eltern geflohen. Einen Anlass für eine Einweisung in ein Kloster hat sie erst danach, mit ihrer Verweigerung der Rückkehr und des Zusammenlebens mit ihrem Ehemann, geliefert.

Jean-Gaspard de Gueidan wurde bei seiner Geburt durch seine Großmutter, Anne d'Aubert de Demandolx notgetauft. Das weist darauf hin, dass seine Geburt sehr schwierig war.

Nottaufen werden bei Lebensgefahr des Täuflings von Laien gespendet, wenn der eigentliche Taufspender (Prälat, Pfarrer u. a.) nicht recht-

---

[44] André, Jean Louis: Sous le Masque d'Anne d'Arci: Adelaide de Gueidan. In L'Intermédiaire des Casanovistes, Nr. 13. Genf 1996, S. 5

zeitig herbeigeholt werden kann. Der für La Palud und der Nachbargemeinde Saint-Julien zuständige Prälat, wohnte in Saint-Julien.[45]

Anfang Februar ist in dieser Höhenlage mit schwierigen Straßenverhältnissen zu rechnen. Es kann sein, dass der Seelsorger nicht rechtzeitig erscheinen konnte. Natürlich konnte die Geburt auch überraschend erfolgt sein.

Die Nottaufe war dem zuständigen Pfarramt, unter Angabe von zwei Zeugen, zu melden. Da ein Mensch christlichen Glaubens nur einmal getauft werden kann, umfasst die spätere Taufzeremonie nur die bei der Nottaufe fehlenden Teile. Sie ist aber eigentlich keine neue Taufe. Der Zeitpunkt dieser Zeremonie ist frei wählbar. Für Jean-Gaspard fand sie drei Jahre später in La Palud statt.

André bezweifelt die Rechtmäßigkeit der Eintragung in das Geburtsregister. Zur Stützung seiner Ansicht führt er den relativ langen Zeitraum zwischen der Geburt und der späteren Taufzeremonie an. Ihn ist vermutlich entgangen, dass die Nottaufe bereits die eigentliche Taufe war.

Außerdem glaubt er, dass die Eintragung in das Geburtsregister nur erfolgte, weil Jean-Gaspard Baptist gewesen sei.[46] Er bezieht sich dabei vermutlich auf die „Gläubigertaufe". Die Baptisten stellen die Gültigkeit der Säuglingstaufe in Frage. Der zu Taufende muss den Sinn verstanden haben und selbst die Taufe fordern. Die Taufe Unmündiger wird abgelehnt. Jean-Gaspard war mit seinen drei Jahren aber ein Unmündiger.

Die Eintragung in das Geburtsregister ist aber auch aus einem anderen Grund keine Gefälligkeit für einen Baptisten. Die Baptisten fassten erst spät in Frankreich fuß. Die erste französische Baptistengemeinde entstand im Jahre 1820 in Normain im Département Nord. Einzug in die Bretagne nahmen die Baptisten im Jahre 1834.[47]

---

[45] Cru, Jaques: a. a. O. S. 250, Fußnote 3
[46] André, Jean Louis: a. a. O. S. 11
[47] Baptisten in Frankreich, wikipedia.org/wiki

In den Süden stießen die Baptisten sehr spät und mit wenig Erfolg vor. Jean-Gaspard konnte also gar kein Baptist sein.

Der spätere Lebensweg von Jean-Gaspard de Demandolx wiederlegt auch die These von dem unehelichen Kind. Bereits im Alter von 14 Jahren wurde er in den Malteserorden in der Garnison Luneville, Lothringen, unter Aufsicht seines Onkels Scipion aufgenommen. Nach drei Monaten wurde er Sergeant und später Offizier. Im März 1773 erhielt er die Erlaubnis zum Austritt aus den Orden.

Bedenkt man die Schwierigkeiten der Söhne des Gaspard de Gueidan beim Eintritt in den Orden, so ist davon auszugehen, dass Jean-Gaspard als legitimes Kind und der Noblesse epée zugehörig, durch den Orden akzeptiert wurde. Seine weitere Karriere als Offizier bis zu seiner Demission zum Beginn der Französischen Revolution, spricht für sich. Sie führte ihn über ca. 10 Dienstorte bis zum Capitaine.

Es sei noch angemerkt, dass sein Vater ihm, den angeblich unehelichen Sohn, im Jahre 1787 die Herrschaft über das Marquisat La Palud und Meyreste übergab.[48]

Der Autor ist zu dem Schluss gekommen, dass für die These, Jean-Gaspard de Demandolx sei ein uneheliches Kind, keine Beweise vorliegen. In seinen Roman hat er deshalb diese These nicht übernommen.

---

[48] Cru, Jaques: a. a. O. S. 300

Die untreue Ehefrau

In den verschiedensten Veröffentlichungen wird die Ansicht vertreten, dass Adelaide de Gueidan ihren Ehemann untreu war und als Strafe dafür in ein Kloster eingesperrt wurde.

Jean Louis André, den das Verdienst zukommt, die wahre Identität der Henriette entschlüsselt zu haben, kommt nach seinen Untersuchungen zu folgenden Aussagen:

„Zusammenfassend, ist für uns Henriette, die Anne Thérèse Adelaide de Gueidan, die beschuldigt wegen Ehebruchs mit einem ungarischen Offizier, dessen Namen ohne Zweifel im Kriegsarchiv von Vincennes zu finden ist, im November 1749 nach Italien geflohen.

Seit seiner Gefangennahme war er in Aix anwesend. Er ist wahrscheinlich ihr Geliebter, mit dessen Hilfe sie aus dem Kloster entkam."[49]

An anderer Stelle führt er aus: *„Wegen Ehebruchs beschuldigt, wird sie von ihrem Ehemann und ihren Schwiegervater, den Monstern des Casanova- Textes, in ein Kloster gesperrt."*[50]

Wie wahrscheinlich ist aber nun dieser Klosteraufenthalt?

Aus der Darstellung der Geburten (Seite 49) ergibt sich, dass Adelaide de Gueidan 36 von 47 Monaten schwanger war und die schwangerschaftslose Zeit im Durchschnitt 3-4 Monate betrug. Alle Kinder wurden lt. Geburtsregister in La Palud geboren und nicht in einem Kloster.

Die Verbringung in ein Kloster war immer auf einen lebenslangen Aufenthalt gerichtet. Es ist deshalb kaum denkbar, dass Adelaide in dieser Zeit zu einer Art „Zwischenaufenthalt" von wenigen Monaten im Kloster war.

---

[49] André, Jean Louis: a. a. O. S. 14
[50] André Jean Louis: a. a. O. S. 12

Was die Zeit nach der Geburt des letzten Kindes in Februar 1749 anbetrifft, so vermeldet André:

„Laut Gaspard de Gueidans Kontobuch und den Briefen, die sie an ihren Ehemann schrieb, in denen sie um Geld bat, war Adelaide von März bis Oktober 1749 in Aix".[51] Herrera ist ebenfalls der Ansicht, dass sie in dieser Zeit bei ihren Eltern in Aix war.[52]

Daraus folgt:

Von ihrer Eheschließung im Januar 1745 an, bis zum Oktober 1749 war Adelaide de Gueidan zu keiner Zeit in einem Kloster eingesperrt.

Wenden wir uns nun den angeblichen Ehebruch mit einem ungarischen Offizier zu. Hilfreich ist dabei ein kurzer Blick in die Militärgeschichte.

Den Ausgangspunkt bildet ein Zitat:

„Während dieses Krieges hatte die spanische Armee ihr Hauptquartier in Aix, wo der Infant Don Philipp seinen Aufenthalt genommen hat und wo er Feste feierte. Wir wissen, dass ungarische Offiziere, die in Castellane gefangen wurden, darunter insbesondere Capitaine, deren Namen im Archiv des Krieges in Vicennes aufbewahrt wurden, in Aix geblieben sind. Henriette, wer auch immer sie war, musste in Aix mit ungarischen Offizieren, die in Freiheit auf Ehrenwort waren, in ihrer Familie Kontakt gehabt haben. Vielleicht hat sie auf Empfängen getanzt, wo ihr die Ehre gegeben wurde?"[53]

---

[51] André Jean Louis: a. a. O.

[52] Herrera, José Maria: Adagio para violoncelo (Los Archivos de Alvise Contarini) spanisch, Magazin fronterad digitales, 20.05.2002, S. 4

[53] André, Jean Louis: a. a. O. S. 5

Die Untersuchungen des Autors ergeben folgendes Bild:

I. Das Hauptquartier der spanischen Armee mit dem Befehlshaber, General Don Jayme Miquel de Gusman, Marquis de La Mina, befand sich in den Jahren 1746/1747 in Brignoles. In Aix-en-Provence war nur das Lager des Cabarets de la Pomme einer spanischen Division. Noch weitere vier Divisionen waren zwischen Aix und Tarascon disloziert. Das schließt nicht aus, dass der Infant zeitweise in Aix einquartiert war. Belegt ist, dass er sich am 25.01.1747 in Draguignan befand und nominell das Kommando über die Truppen übernahm.[54]

II. Die Vorstellung, dass sich Adelaide auf Empfängen - unter den strengen Augen von Familienangehörigen- tanzte und im Palais ihrer Eltern sich mit einem ungarischen Offizier näher anfreundete, ist ziemlich abwegig. Sie war vor ihren Ehemann geflohen und musste jederzeit mit der gewaltsamen Verbringung nach La Palud rechnen.

Ein gut gesichertes Elternhaus war bestimmt wichtiger als Tanzvergnügen in der Öffentlichkeit.

III. Bisher wurden keine Belege über die Einquartierung von ungarischen Offizieren gefunden, die auf Ehrenwort bei Familien in Aix untergebracht waren. Es kann sein, dass es gar keine Einquartierungen gab. Aber selbst, wenn man deren Namen im Kriegsarchiv finden würde, wäre nicht bewiesen, dass einer von ihnen der Liebhaber von Adelaide war.

IV. Im Herbst 1746 musste die französisch- spanische Armee, nach massiven Verstärkungen der österreichischen Armee, Genua aufgeben und

---

[54] Grillon, Pierre: 'L Invasion et la Libération de la Provence en 1746–1747, provence-historique, Universität Aix-en-Provence, 1962, S. 354

sich Schritt für Schritt bis hinter den Var zurückziehen. Die Sieger forderten schwere sofortige Kriegsbeiträge und plünderten drei Monate lang die Stadt. Die Wut des Volkes war unermesslich. Ein Volksaufstand veranlasste die Österreicher zur Aufgabe der Stadt. Das Verhalten der Besatzer hatte sich bis in den Raum Marseille- Aix-en-Provence herumgesprochen. Die Bewohner ahnten, was sie im Falle eines Sieges der Österreicher erwartete. Die Provenzalen waren bereit, alles für die Befreiung ihrer Heimat zu tun.

Zur Unterstützung der zahlenmäßig unterlegenen französischen Armee wurden deshalb in der Provence 10 Milizbataillone aufgestellt. Marseille organisierte weitere 10 bürgerliche Kompanien. Der Adel von Marseille und Aix-en-Provence sammelte spontan Geld und stellt zwei Bataillone von je 750 Mann zur Verteidigung auf.[55]

Es fehlte aber vor allem auch an Futter für die Pferde. Mit Hilfe des Erzbischofs von Aix und des Adels der Stadt, wurden Transporte organisiert, die aber nicht ausreichten.

Angesichts des Hasses gegen die Eroberer der Provence, fällt es schwer zu glauben, dass man die kriegsgefangenen österreich- ungarischen Offiziere nach den Sieg von Castellane, ausgerechnet bei Familien der Adligen in Aix untergebracht hatte, die wenige Tage vorher mit Geld die zusätzliche Aufstellung von Bataillonen für den Kampf gegen sie organisiert haben.

V. Während des Sieges am 21. Januar 1747 in Castellane hatten die österreichisch- spanischen Truppen den verwundete österreichischen Generalleutnant Neuhaus mit 10 Offizieren und 287 Soldaten gefangen genommen. Angesichts der Versorgungslage ist verständlich, dass man die Kriegsgefangenen so schnell wie möglich loswerden wollte.

---

[55] Grillon, Pierre: a. a. O. S. 340

Vorbild waren die Festlegungen des Wiener Diarium vom 07. Juli 1742, dass den Umgang mit den Kriegsgefangenen nach der Kapitulation der Spanier in Modena geregelt hatte:

„I. Solle sich die in der Festung befindliche Besatzung zu Kriegs-Gefangene ergebe - - - Ist einverstanden.
II. Die gefangene Officier sollen sich auf Parole mit Beybehaltung des Seiten-Gewehrs, wo sie wollen, hinbegeben können.
...
VI. Die Deserteurs sowol des Königs von Sardinien, als der Königin von Hungarn und Böheim sollen, obschon sie auch öfters ausgerissen, Pardon bekommen."[56]

Viele Kriegsgefangene wurden bereits im Frühjahr und Sommer 1747, also weit vor dem Friedensschluss in ihre Heimatländer entlassen.

VI. Die Entfernung von Castellane, den Ort der Gefangennahme der Offiziere, bis nach Aix, beträgt 168 Kilometer. Bis nach Antibes sind es 89 Kilometer, nach Cannes 81. In diesen Orten wäre eine Einquartierung der wenigen Offiziere sicher auch möglich gewesen. Im Tross der Armee hätte man aber auch die Gefangenen bis nach Grasse mitführen können (60-km-Ankunft am 31. Januar). Von diesen Orten wären die Offiziere, bei ihrer späteren Freilassung, auch auf kürzeren Wegen über Turin oder Mailand nach Österreich und Ungarn gelangt. Es erschließt sich nicht, warum das weit abgelegene Aix für die angebliche Einquartierung ausgewählt wurde.

---

[56] Kauntz, Bernhard: Der Österreichische Erbfolgekrieg- die Kapitulation von Modena, bela.com, Wolvertem 2010, S. 1

VII. Gegen die Untreue der Adelaide de Gueidan spricht vor allem, dass bisher, weder in den eingesehenen Archivmaterialien noch in den Briefen, kein einziger Hinweis auf ihre Verfehlungen gefunden wurde. Es scheint so, als ob die literarische Figur des ungarischen Offiziers, der Adelaide auf ihrer späteren Flucht nach Italien begleitete, von einigen Autoren, zeitlich zurückverlegt wurde, in die Zeit vor ihrer Flucht. Vermutlich, weil die Motive für ihre Flucht nicht gefunden wurden.

Für die Untreue der Adelaide de Gueidan in der Zeit von ihrer Hochzeit 1745 bis zum Verlassen ihrer Eltern gegen Ende September 1749, wurden keine belastbaren Beweise gefunden.

Zusammenfassung:
Im Ergebnis seiner Untersuchungen erkannte der Autor, dass die vermutete Untreue, Bestrafung durch die Unterbringung in ein Kloster, Flucht und ein uneheliches Kind, nicht zu beweisen waren. Er nutzte daher in seinem Roman eine weniger sensationelle historische Grundlage.

Es spricht vieles dafür, dass zwei Ehepartner, die überhaupt nicht zusammenpassten, von ihren Familien aus Eigennutz und Egoismus, gegen ihren Willen, in eine Ehe gezwungen wurden. Im Verlaufe des Zusammenlebens verschärften sich die ehelichen Auseinandersetzungen bis zur Unerträglichkeit immer mehr. Adelaide versuchte dann, eine Trennung durch die Flucht zu ihren Eltern herbeizuführen.

4. Flucht und weiterer Lebensweg

Die Flucht zu den Eltern nach Aix-en-Provence

Die Untersuchungen im dritten Teil ergaben, dass für die vermuteten Untreue der Adelaide de Gueidan, die eine Bestrafung durch die Unterbringung in ein Kloster nach sich gezogen hätte, keine Beweise erbracht werden konnten. Ihr jüngster Sohn, Jean-Gaspard, war sehr wahrscheinlich, kein uneheliches Kind.

Über die Motive von Adelaide de Gueidan, für ihrer Flucht zu den Eltern im März 1749, gibt es keine Belege. Bekannt ist nur, dass sie bis Oktober bei ihren Eltern in Aix-en-Provence war und vermutlich, in der letzten oder vorletzten Septemberwoche die Flucht nach Italien antrat. Die Gründe hierfür sind nur zu erahnen. Casanova hat sich in seinen Memoiren nicht mit dem Vorleben seiner Heldin beschäftigt. Als literarischen Figur taucht sie erstmals im Hafen von Civitaveccia in Begleitung eines alten Offiziers auf. Es liegt in der Natur der Sache, dass auch keine Intimitäten aus ihren Eheleben überliefert sind.

Angesichts des Mangels an Beweisen und widersprüchlicher Aussagen, war es sehr schwierig, einen belastbaren historischen Hintergrund für diesen Teil des Romans zu finden. Der Autor war mitunter gezwungen, Zuflucht zu den Begriffen: wahrscheinlich, vermutlich, nicht auszuschließen und ähnlichen zu nehmen.

Er hat sich bemüht, die jeweils folgerichtigste und überzeugendste Handlungsweise als Basis des Romans zu verwenden.

Es spricht vieles dafür, dass im Laufe der Ehe, die sich immer mehr verschärfenden Konflikte, ein weiteres Zusammenleben unmöglich machten.

Eine ungewöhnlich emanzipierte Frau und ein auf die Gehorsamspflicht des Weibes und sein Züchtigungsrecht pochender Gatte, passen nun einmal nicht zusammen. Auch wenn ihr keine Verfehlungen nachgewiesen werden konnten, ist nicht auszuschließen, dass Adelaide trotzdem beschuldigt wurde. Über die Gründe kann nur spekuliert werden.

Denkbar ist, dass auch der Ehegatte bereits Vorwände für eine Trennung suchte. Bei seiner Neigung zu Gewalttätigkeiten und Rücksichtslosigkeiten, sind auch bewusste Verletzungen und Beleidigungen seiner Ehefrau nicht auszuschließen.

Für die Flucht von Adelaide im März zu ihren Eltern nach Aix, genügte dann vermutlich nur noch ein letzter Anstoß. Das könnte eine Beschuldigung oder Gewalttätigkeit im Zusammenhang mit der Geburt des jüngsten Sohnes gewesen sein. Geburt und Flucht zu den Eltern liegen zeitlich eng zusammen.

Adelaide wird ihre Eltern um Schutz vor ihren Ehemann ersucht haben. Sie hoffte auf Unterstützung bei der Trennung. Sie kam aber zur Unzeit. Ihr ehrgeiziger Vater kämpfte immer noch um die Anerkennung seiner Ländereien als Lehen des Königs und damit verbunden, um den Titel eines Marquis. Mit der Aufnahme seiner Tochter in sein Haus bestand die Gefahr, dass das Scheitern der von ihm arrangierten Ehe öffentlich wurde. Der Ruf seiner Familie und seine Aufstiegsziele waren in Gefahr.

Sicher, wird er versucht haben, eine gütige Einigung der Ehepartner zu erreichen. Vermutlich aber mit wenig Erfolg, denn Adelaide wird sich nur zu gut daran erinnert haben, dass sie gegen ihren Willen in die Ehe gepresst worden war. Alle ihre Vorbehalte hatten sich bewahrheitet. Sie wird eine Rückkehr zu ihrem Gatten abgelehnt haben.

Ihr Ehegatte hat sicher auf ihre sofortige Rückkehr nach La Palud bestanden. Aus seiner Sicht hatte sich Adelaide ohne seine Zustimmung entfernt und damit ihre Pflicht zum Gehorsam verletzt. Sollte bekannt werden, dass er sie noch nicht einmal zur Rückkehr bewegen konnte, würde er sich den Spott des Adels aussetzen. Seine Ehre stände auf dem Spiel.

Es gab eigentlich nur zwei Möglichkeiten: die Rückkehr nach La Palud oder ihre Überführung in ein Kloster. Adelaide wird mit keiner Variante einverstanden gewesen sein. Sie gegen ihren Willen mit körperlichem Zwang durchzusetzen, hätte vermutlich den Skandal öffentlich gemacht. Ein erzwungenes Zusammenleben in La Palud wäre für beide Partner auf Dauer unbefriedigend gewesen und die Gefahr einer erneuten Trennung hätte immer bestanden.

Der Ehemann konnte aber auch vor dem bischöflichen Kirchengericht Klage zur Anordnung der Cohabitierung erheben. Im Cohabitierungsverfahren klagt ein Ehepartner, der von seinem Ehepartner verlassen wurde, auf Wiederaufnahme des Zusammenlebens. Das Gericht wird aufgefordert, den Partner zu stellen.[57] Das Kirchengericht kann das eheliche Zusammenleben anordnen, in besonders schweren Fällen, das Verfahren an ein weltliches Gericht abgeben oder eine friedliche Cohabitierung beschließen.

Bei diesem letzten Entscheid sind zumeist Cohabitierungsauflagen (Bedingungen für das weitere Zusammenleben) vorgesehen. Das Problem: Wie das Kirchengericht entscheiden würde, war ungewiss.

Es blieb nur die diskrete Überstellung in ein Kloster. Dafür war aber das Einverständnis der beiden Familien erforderlich.

Es ist ziemlich sicher, dass ihr Ehemann, Pierre-Louis de Demandolx, diese Lösung anstrebte. Nicht umsonst zählte sie ihm zu den Monstern.[58] In ihrer Familie gab es sicher auch Widerstände. Insgeheim wurde vermutlich ihr Vater, Gaspard de Gueidan, für das Scheitern der arrangierten Ehe und die daraus folgenden Ehestreitigkeiten, verantwortlich gemacht. Das nur Adelaide für die Eheprobleme verantwortlich sei, wurde bestimmt bezweifelt. Es fehlte eine überzeugende Begründung für ihre Einweisung in ein Kloster.

---

[57]Schiffer, Petra: Trennung von Tisch und Bett, Universität Wien, 08. März 2012, S. 1
[58] Conrad, Heinrich: a. a. O. Bd. III, S. 50

Die Monate vergingen. Der ständige Aufenthalt von Adelaide provozierte erste Gerüchte. Eine Lösung des Problems wurde immer dringender. Den Durchbruch schaffte Pierre-Louis wahrscheinlich mit einer Verleumdung. Er behauptet, Adelaide wäre ihm untreu gewesen und der letzte Sohn sei ein uneheliches Kind. Zusätzlich drohte er mit der Beantragung eines Cohabitierungsverfahrens.

Gaspard de Gueidan fiel vermutlich auf die Verleumdungen herein. Es kann aber auch sein, dass er sie durchschaute, sie ihm aber einen willkommenen Grund lieferten. Beide einigte sich auf die Verbringung von Adelaide in ein Kloster in Frankreich.

Ob Adelaide über dieses Vorhaben informiert wurde oder es aus den Vorbereitungen des Klosteraufenthaltes entnommen hat, ist nicht bekannt.

Adelaides Flucht nach Italien

Die Vorbereitung

Auf jedem Fall war diese Lösung durchaus nicht nach ihrem Geschmack.[59] Sie bereitete ihre Flucht vor. Nahziel war natürlich, rechtzeitig vor der Überführung in ein Kloster noch die Flucht zu ergreifen. Eine zu frühe Flucht hätte noch bestehenden Hoffnung auf eine einvernehmliche Lösung des Konfliktes entgegengestanden. Indiskretionen der Bediensteten und bestimmte Anzeichen, zum Beispiel die Vorbereitung ihrer Sachen zum Abtransport, sollten sie über den richtigen Zeitpunkt informieren.

---

[59] Conrad, Heinrich: a. a. O. Bd. III, S. 58

Die Flucht vor dem Kloster war wahrscheinlich nur ein erstes Ziel ihres Vorhabens. Sie wollte die Ernsthaftigkeit ihres Trennungswunsches demonstrieren. Sie war bereit, bis zum Äußersten zu gehen, auch wenn sie dabei zugrunde gehen würde. Ihr Vater und ihr Ehemann sollten erkennen, dass sie keine Rücksicht mehr auf den Ruf der Familien nehmen wollte und ihr die Karrierepläne ihrer Familie egal waren. Mit dem dadurch entstehenden Druck, wollte sie die Familien zu ernsthaften Verhandlungen über eine Trennung von ihrem Ehemanne unter guten Bedingungen zwingen.

Sie wusste, dass ihre Mittel nur für eine zeitlich begrenzte Flucht reichten. Eine Flucht von wenigen Wochen hätte nicht die erwünschte Wirkung erzeugt; eine Flucht über Monate, sie ruiniert. Sie war sich offenbar des Risikos bewusst; sah aber keinen anderen Weg mehr zu der Durchsetzung ihrer Ziele. Von Anfang an, plante sie eine vorübergehende Abwesenheit aus ihrem Elternhaus.

Als Fluchtland hatte sie Italien ausgewählt. Um eine Verfolgung auf der Flucht zu erschweren, wollte sie den Seeweg nehmen.

Einen Anlaufpunkt für den Notfall und den Rückweg nach Frankreich hat sie wahrscheinlich schon vor ihrer Flucht entdeckt. Über Gespräche und Veröffentlichungen war ihr sicher bekannt, dass den Infanten Philipp von Spanien während der Aachener Friedensverhandlungen im Oktober 1748 die Herzogtümer Parma, Piacenza und Guastalla zugesprochen wurden. Herzog Philipp zog am 9. März 1749 in Parma ein. Seine Gemahlin, Madame de France, Louise Elisabeth, älteste Tochter Ludwig des XV., folgte ihm am 23. November 1749. Der Herzog umgab sich am liebsten mit Franzosen in seinen Hofstaat.

Adelaide wusste, dass sie in Parma französische Adelige treffen würde, die ihr bei der Rückkehr in die Provence helfen könnten.

Mit ihrer Schönheit und Ausstrahlung glaubte sie, jederzeit einen großzügigen Kavalier zu finden, der für sie im Notfall einspringen würde.

Für ihre Flucht hatte sie sich eine Phantasieuniform, angeblich für den nächsten Karneval, schneidern lassen. Vorsorglich legte sie auch

Unterwäsche und Toilettengegenstände bereit. Je nach Situation, wollte sie sich auf der Flucht umkleiden und ihre Frauenkleider verkaufen oder gleich in Kostüm fliehen.

Auf der Flucht nach Italien

Obwohl sie bereits ihre Vorbereitung für ihre Flucht getroffen hatte, muss sie die Nachricht über die bevorstehende Einlieferung in ein Kloster, in der letzten oder vorletzten Woche des Monates September des Jahres 1749, überraschend getroffen haben. Ohne Toilettengegenstände und Hemden nur mit einer Fantasieuniform bekleidet, ergriff sie panikartig die Flucht.

In der Literatur gibt es unterschiedliche Ansichten über ihre Bekleidung bei der Flucht und den damit verfolgten Zweck. Casanova bemerkt in seinen Memoiren, dass sie eine *„Phantasieuniform"* trug. Eine Verkleidung wurde damit aber nicht erreicht. Er meint:

„Um sofort zu bemerken, dass der Reisekamerad kein Mann war, brauchte man nur die Hüften zu sehen."[60] André sagt, dass sie ein *„Costüm des Offiziers"*trug.[61]

Man könnte glauben, dass beide meinen, dass Adelaide keine (echte) Offiziersuniform trug. André sah das doch etwas anders:

„Das Costüm des Offiziers erklärte, dass sie mit einem Offizier fliehen musste, der ihr eine Ausrüstung lieh. Wir verstehen nicht, warum sie als Offizier verkleidet sein musste, um von ihrem Schwiegervater in ein Kloster gebracht zu werden.

---

[60] Conrad, Heinrich: a. a. O. Bd. III, S. 27
[61] André, Jean Louis: Sous le Masque d'Anne d'Acri: Adelaide de Gueidan. In L'Intermédiaire des Casanovistes, Nr. 13. Genf 1996, S. 5f

Casanova bezeichnete ihre Fantasieuniform als „elegant", also geschmackvoll, gutsitzend und lässt vermuten, dass sie extra für sie angefertigt wurde. Sie war offenbar keine Uniform von der „Stange". Wenn aber André recht hat, ist etwas Wundervolles geschehen. Die Leihuniform eines Offiziers, passte trotz Männerschnitt, einer schönen Frau mit nicht zu übersehenden Hüften.

Am Rande noch bemerkt, hätte Adelaide mit der angeblichen echten Uniform eines Offiziers, von Angehörigen der Armee wegen unerlaubten Tragens einer Uniform belangt werden können.

Warum könnte Adelaide die Fantasieuniform getragen haben?
Die Verkleidung gewährte einen gewissen Schutz vor Verfolgern. Deren Suche und Nachfragen hätten sich zuerst auf eine Dame in Frauenkleider konzentriert. Die damalige Bekleidung mit Reifrock und Mieter war als Reisebekleidung unpraktisch. Alleinreisende Frauen in schöner Bekleidung erregten Verdacht und waren nicht sicher vor aufdringlichen Kavalieren. Sie wurden auch schnell mit Abenteuerinnen verwechselt.

Die Schwiegervater- Geschichte

Die undurchsichtigste und widersprüchlichste Episode der Flucht von Adelaide, ist die Geschichte vom Schwiegervater. In Ermangelung von belastbaren Fakten haben die Casanovisten die Story in ihren Veröffentlichungen fast ausnahmslos so wiedergegeben, wie sie Casanova erzählt hat. Zweifel an der Richtigkeit hat es dabei aber schon immer gegeben.

Die offizielle Lesart war bisher: Adelaide musste gegen ihren Willen ihre Eltern in Aix verlassen. Sie sollte in Begleitung ihres Schwiegervaters, eines alten Offiziers, in ein Kloster nach Italien gebracht werden. In Rom gelang ihr die Flucht mit Hilfe eines alten ungarischen Hauptmanns.

Auf die Frage Casanovas, ob sie nicht befürchtet, von dem Offizier eingeholt zu werden, antwortete Adelaide:

„Durchaus nicht, es war mein Schwiegervater, der, davon bin ich sicher überzeugt, nicht die geringsten Schritte getan hat, um zu erfahren, wohin ich gegangen bin."[62] Weiter sagte sie:

Ich beging die dir bekannte Torheit, weil mein Schwiegervater mich in ein Kloster stecken wollte, was durchaus nicht nach meinem Geschmack war."[63]

Diese Aussagen provozieren mehrere Fragen:
* Warum sollte Adelaide in ein Kloster in Italien? In Frankreich gab es sicher auch geeignete Kloster.
* Konnte ein 69 Jahre alter Offizier (Geburt Schwiegervater: 1680) während einer Reise von 14 Tagen, eine 24-jährige junge Frau, die wild zur Flucht entschlossen war, rund um die Uhr bewachen?
* Warum unternahm der Offizier nach ihrer Flucht nichts, um sie wieder in seine Gewalt zu bringen?
* Warum gab er ihr alle Freiheiten? Sie war zeitweise allein im Gasthof und konnte ihr Zimmer ohne ihm verlassen.
* Und warum vertrödelte er vier Tage in Rom, ohne den Versuch zu machen, sie in ein Kloster einzuliefern?

Es ergaben sich zwei Hauptprobleme:
1. War Adelaide im Gewahrsam ihres Schwiegervaters auf den Weg in ein Kloster oder war sie auf der Flucht, um der vorgesehenen Einlieferung in ein Kloster zu entgehen?

---

[62] Conrad, Heinrich: a. a. O. Bd. III, S. 57
[63] Conrad, Heinrich: a. a. O. Bd. III, S. 57f

2. Wer war eigentlich ihr Begleiter? Handelte es sich um ihren Schwiegervater oder um einen Unbekannten?

Die erste Frage ist relativ einfach zu beantworten. Es spricht alles dafür, dass Adelaide auf der Flucht war. Das Verhalten ihres Begleiters lässt erkennen, dass sie alle Freiheiten hatte und es war ihm anscheinend auch völlig egal, ob sie bei ihm blieb oder nicht.

Mit der Beantwortung der zweiten Frage erklärt sich auch das Verhalten ihres Begleiters. Ihr Begleiter war nicht ihr Schwiegervater. Der Vater ihres Ehemannes und ihr Schwiegervater war **Pierre de Demandolx**. Er wurde im Jahre 1680 geboren und starb im Jahre 1746[64]. Zum Zeitpunkt ihrer Flucht war er also bereits seit ca. zwei Jahren tot.

Wer war aber nun der „alte Offizier", der Adelaide bis nach Rom begleitete und dem sie später als Schwiegervater bezeichnete? Waren der „alte Offizier" und der „ungarische Hauptmann", mit dem Adelaide dann weiter nach Parma reiste, ein und dieselbe Person? Und, wie hat Adelaide die Bekanntschaft des alten Offiziers gemacht?

Was ist bekannt:
1. Der alte Offizier wird von Casanova nur schemenhaft, und auch nur als zeitweilige Randfigur erwähnt. Es scheint so, als wenn Casanova eine Charakterisierung dieser Person für überflüssig gehalten hat. Dementsprechend ist auch so gut wie nichts über sie bekannt:

Der Auftritt des alten Offiziers begann erst im Hafen von Civitaveccia. Er verließ mit Adelaide eine Tartane. Danach nahm er ein Zimmer mit ihr in einen Gasthof. Er sprach kein einziges Wort mit ihr, ging ohne sie aus und Adelaide konnte ohne ihn das Zimmer verlassen.

---

[64] Frankreich, Archives départementales, Archives départementales des Bouches-du-Rkône, 156 J – Familie Demandolx (1291 – 1937) Familie Demandolx, Branche de la Palud

Sein Auftritt endete bereits am Morgen des nächsten Tages. Er reiste mit Adelaide nach Rom ab.[65] Weitere Informationen über ihm gibt es nicht. In Rom übernahm der ungarische Hauptmann an seiner Stelle nahtlos die Rolle des Begleiters.

2. Beide Begleiter von Adelaide waren Offiziere und beide in höherem Alter. Der ungarische Hauptmann soll die Sechzig gestreift haben, der andere Offizier wird ohne genaue Altersangabe, als „alt" bezeichnet.

3. Der Hauptmann ist Ungar und gehört zur österreich- ungarischen Armee. Die Nationalität des „alten Offiziers" wird nicht genannt, er könnte aber der gleichen Armee angehören.

4. Der ungarische Hauptmann konnte sich nur durch Zeichensprache mit Adelaide verständigen. Er sprach kein Französisch. Er beobachtete in Civitaveccia, dass der alte Offizier nicht „ein einziges Wort an sie richtete." Das lässt vermuten, dass auch dieser kein Französisch verstand. Das wiederum könnte bedeuten, dass auch er Ungar war und wie der ungarische Hauptmann, zu der österreich- ungarischen Armee gehörte.

5. Nach ihrer Ankunft in Civitaveccia schlief Adelaide mit dem alten Offizier. Beim ersten Treffen von Casanova mit Adelaide wurde sie von den Sbirren überrascht, als sie mit dem ungarischen Hauptmann das Bett teilte. Später erklärte sie, sie wäre unglücklich gewesen, weil sie **einem Mann** zur Last fiel.[66] Das deutet darauf hin, dass der alte Offizier und der alte ungarische Hauptmann eine Person waren.

---

[65] Conrad, Heinrich: a. a. O. Bd. III, S. 37
[66] Conrad, Heinrich: a. a. O. Bd. III, S. 57

6. Um die Anwesenheit des ungarischen Hauptmanns zu erklären, berichtete Casanova, dass dieser einen sechsmonatlichen Urlaub genommen hat, um Rom zu besichtigen. Diese Erklärung überzeugt wenig. Mit der Ankunft von Adelaide in Rom mutierte der Hauptmann plötzlich zum Depeschen- Kurier und verzichtete offenbar auf seinem Resturlaub von fünf Monaten. Es ist nicht bekannt, warum der alte Offizier auf dem Weg nach Rom war. Er könnte aber auch Depeschen befördert haben. Wenn der ungarische Hauptmann und der alte Offizier ein und dieselbe Person sein sollten, kann man davon ausgehen, dass es sich um einen Kurier gehandelt haben könnte.

Arbeitsthese[67]
Die Untersuchungen ergaben, dass Adelaide die drohende Überführung in ein Kloster gerade noch rechtzeitig erkannte. Sie floh in der letzten oder vorletzten Septemberwoche 1749 aus den Palais ihrer Eltern in Aix-en-Provence nach Italien. Begleitet wurde sie vermutlich von einem älteren ungarischen Hauptmann, der aus Frankreich Depeschen nach Rom überbrachte und nach dem Empfang neuer Depeschen für Parma, Piacenza und Guastalla, seinen Rückweg nach Frankreich antrat. Er begleitete Adelaide weiter bis Parma.[68]

Wie Adelaide mit dem ungarischen Hauptmann bekannt wurde, konnte nicht geklärt werden.

Es könnte sein, dass er ihr als häufig über Aix-en-Provence reisender Depeschen-Bote bekannt war und sie ihn bei seinem Zwischenstopp gerade noch abpassen konnte. Möglich ist aber auch, dass sie ihn erst auf

---

[67]Unter „Arbeitsthese" versteht der Autor eine vorläufig aufgestellte These, die durch weitere Forschungen durchaus noch verändert werden kann.
[68] Der ungarische Hauptmann trennte sich schon in Reggio von Adelaide und Casanova. Die beiden fuhren einen Tag später nach Parma, wo sie den Hauptmann wieder trafen.

der Reise zwischen Aix und Marseille kennenlernte oder auch während der Reise am Bord der Tartane.

Adelaides Rückkehr nach Aix-en-Provence

Über die Zeit, die Adelaide und Casanova gemeinsam in Parma verbracht haben, gibt es detaillierte Beschreibungen, die einen ausreichenden historischen Hintergrund für den Roman boten. Die Bedingungen für die Rückkehr nach Aix, die Adelaide stellte, und der Inhalt der Einigung mit ihren Eltern, erfuhr der Leser aber nicht. Mit dem bevorstehenden Ende ihrer Beziehung schloss Adelaide Casanova komplett von ihren Verhandlungen aus. Sie erteilte nun nur noch Weisungen, die er wie ein Bediensteter befolgte.

Casanova hatte gehofft, den Brief von d'Antoine lesen zu können, mit der er eine Begegnung mit Adelaide anbahnte. Sie machte aber seine Hoffnung zunichte.

„Lieber Freund, nimm es nicht übel, aber die Ehre zweier Familien erlaubt mir nicht, dich diesen Brief lesen zu lassen; ich sehe mich gezwungen, Monsieur d'Antoine zu empfangen, der mein Verwandter zu sein behauptet."[69]

Der Brief an ihre Eltern und die Rückantwort, behielt sie ebenfalls für sich.

Da die Briefe verschollen sind, fehlen die wichtigsten Auskünfte über das Leben der Adelaide de Gueidan nach ihrer Rückkehr in die Provence. Ihr Verhalten bei den Kontaktversuchen Casanovas in den Jahren 1763 und 1769 ist ohne diese Briefe schwer zu verstehen.

---

[69] Conrad, Heinrich: a. a. O. Bd. III, S. 82

Der Autor versuchte deshalb, den möglichen Inhalt der Briefe zu rekonstruieren. Er ging dabei von den wahrscheinlichsten Lösungen der Probleme aus. Beweise und Belege standen ihn nicht zur Verfügung.

Die Bitte um Verzeihung

Als sicher kann angenommen werden, dass Adelaide ihre schlimme Lage noch einmal beschrieben hat. Wahrscheinlich wird sie aus zum Ausdruck gebracht haben, dass die Gründe für eine Einlieferung in ein Kloster, nicht den Tatsachen entsprachen und ihre Eltern um Verzeihung gebeten haben.

Die Trennung von Tisch und Bett

Das Hauptanliegen von Adelaide, welches sie auch mit ihrer Flucht durchsetzen wollte, war die dauerhafte Trennung von ihrem Ehemanne. Sie und ihr Ehemann waren Mitglieder der katholischen Kirche. Daher galt:

„Eine gültig geschlossene und vollzogene Ehe kann durch keine menschliche Gewalt und aus keinem Grund, außer den Tod, aufgelöst werden."[70]

Adelaide war daher klar, dass die Kirche eine Scheidung ablehnen würde. Es gab aber noch eine Möglichkeit für die Trennung.

In Fällen der totalen Zerrüttung der Ehe stimmt die katholische Kirche der **„Trennung von Tisch und Bett"** zu.

Konkret bedeutet das, dass die Ehepartner nicht mehr zusammenleben. Sie bleiben aber trotz der Trennung vor Gott verheiratet. Eine Wiederverheiratung, ein Zusammenleben in einer eheähnlichen Gemeinschaft oder die Annahme eines Geliebten oder einer Geliebten, wäre der

---

[70] Kirchengesetzbuch, Codex iuris canonici (CIC), can. 1141

Widerruf der ehelichen Treue. Die Trennung von Tisch und Bett ist durch das Dekret eines Bischofs (decreto Ordinarii loci) auszusprechen.

Für Adelaide war sie die einzige Möglichkeit für eine dauerhafte Trennung von ihrem Ehemann, welche mit einer gewissen Sicherheit verbunden war. Mündliche Absprachen und Versprechen zur Besserung der Beziehungen, hätten wenig Bestand gehabt. Es ist deshalb mit großer Wahrscheinlichkeit anzunehmen, dass sie diese Lösung ihren Eltern vorgeschlagen hat. Bestimmt hat sie auch darum gebeten, die Zustimmung ihres Ehemannes und die wohlwollende Prüfung ihres Antrages durch den Bischof zu eruieren.

Einzelheiten der Trennung

Um den Familien entgegenzukommen, die Angst um ihren Ruf hatten, wird sie vermutlich vorgeschlagen haben, sich zeitweise in La Palud aufzuhalten, um den schönen Schein nach außen zu wahren. Eine räumliche Trennung zwischen den Ehepartner war nach Etagen möglich. Das Zugangsrecht zu den Kindern wird ein weiteres Thema gewesen sein. Schließlich waren auch finanzielle Probleme zu klären.

Die Zustimmung zu den vorgeschlagenen Lösungen ihrer Eltern und des Ehemannes erhielt Adelaide ca. 14 Tage nach ihrem Schreiben.

Adelaides weiterer Lebensweg

Nachdem Casanova Adelaide in Genf verlassen hatte, kehrte er wieder nach Parma zurück. Dort erreichte ihn ein Brief von Adelaide, der bereits etwas Auskunft über ihr Leben nach der Rückkehr nach Aix-en-Provence gab. Sie schrieb:

„Ich werde Dir Freude bereiten, indem ich Dir mitteile, dass ich meine Angelegenheiten in gute Ordnung gebracht habe und dass ich nun für den

Rest meiner Lebenszeit so glücklich sein werde, wie ich es nur kann, da ich Dich nicht mehr habe."

Mit einem weiteren Satz deutete sie an, dass die Trennung von Tisch und Bett offenbar geglückt war und sie nun aber auch lebenslang ohne einen Mann auskommen müsste:

„Ich werde in meinen Leben keinen Liebhaber mehr haben, aber ich wünsche, dass Du noch andere liebst, ja sogar, dass Deine gute Fee Dich eine andere Henriette finden lasse."[71]

Nach der Klärung aller Einzelheiten und dem Dekret des Bischofs, richtete sie sich ihr neues Leben ein. Herrera berichtete nach seinen Studien im Archiv:

„Sie setzte ihr Leben als edle Dame fort und teilte ihre Tage zwischen der Villa in der Mitte der Stadt und das Château, welches sich nicht weit davon in der Marseille-Straße, nahe der Kreuzung Croix d'Or befindet, wo sie Casanova 14 Jahre später finden wird."[72]

Sie genoss ihre neue Freiheit und pendelte zwischen La Palud und Aix-en-Provence nach Notwendigkeit, Jahreszeit, Wetter sowie Lust und Laune. Aus den Archivmaterialien ergab sich, dass Adelaide längere Zeit getrennt von ihrem Gatten in Aix lebte. So zum Beispiel in den Jahren 1781/1782.[73] Das bestätigt auch die Trennung von Tisch und Bett. Ihre Kinder waren zu dieser Zeit bereits außer Haus.

Innerhalb Aix-en-Provence wohnte sie oft längere Zeit in verschiedenen Gebäuden der Familie. Casanova erfuhr beispielsweise bei seinem Besuch im Château Valabre im Jahre 1769, dass sie nach ihrer Gewohn-

---

[71] Conrad, Heinrich: a. a. O. Bd. III, S. 89f
[72] Herrera, José Maria: a. a. O. S. 6
[73] André Jean Louis: a. a. O. S. 10 u. 14

heit, die schlechte Jahreszeit zumeist im Palais de Gueidan im Cours de Mirabeau Nr. 22 in Aix verbrachte und den Sommer im Château.[74]

Sie nahm am gesellschaftlichen Leben des Adels teil. Bekannt ist, dass sie zu den Gästen von Festen, Empfängen und Essen gehörte, selbst aber keine Vergnügungen ausgestaltete. Sicher hat sie auch die Aufführungen der Oper besucht und ihrer besonderen Neigung entsprechend, an musikalischen Veranstaltungen teilgenommen.

Im 18. Jahrhundert hatten die Frauen durchschnittlich sechs bis acht Kinder. Adelaide de Gueidan hatte ihr letztes Kind, im Februar 1749, im Alter von 25 Jahren geboren. In diesem Alter bekamen die meisten Frauen noch weitere Kinder. Sie blieb kinderlos. Es scheint so, als ob sich Adelaide strikt an das bei der Trennung von Tisch und Bett weiterbestehende Treuegebot gehalten hat und tatsächlich keine neuen Liebhaber annahm. Damit erklärt sich auch ihre Zurückhaltung bei den Kontakten in den Jahren 1763 und 1769 bei den Begegnungen mit Casanova.

Für eine junge hübsche Frau war die Zurückweisung von Männern bei ihren Kontaktversuchen sicher nicht einfach. Es ist aber möglich, dass sie auch ohne Männer gut zurechtkam. Casanovas schildert während seines Aufenthaltes bei seinem Unfall mit der Kutsche 1763 in dem schönen Haus in der Marseille-Straße, wie sich seine Freundin Marcolina und die Hausherrin (Adelaide) schnell ineinander verliebten. Obwohl sie sich nur wenige Stunden kannten, verbrachten sie eine Nacht miteinander. Casanova wunderte sich. Er hatte während seines Zusammenlebens mit Adelaide nie bemerkt, dass sie der Liebe zwischen zwei Frauen aufgeschlossen gegenübergestanden hätte.[75]

Alles in allem scheint Adelaide de Gueidan nach der Trennung von Casanova ein ruhiges Leben geführt zu haben. Ihre wilden Jahre waren of-

---

[74] Conrad, Heinrich: a. a. O. Bd. XI, S. 176
[75] Conrad, Heinrich: a. a. O. Bd. IX, S. 95

fenbar vorbei. Einige Ereignisse in den beiden Familien wirkten sich aber doch noch auf sie aus.

Das uneheliche Kind II

Am 22. April 1752 stimmte der König der Errichtung eines Marquisats auf den Ländereien des Gaspard de Gueidan zu. Adelaides Vater, nun Marquis, schien endlich den Höhepunkt seiner Karriere erreicht zu haben. Er war aber immer noch nicht zufrieden. Es zeigte sich auch, dass er sein Verhalten gegenüber seinen Familienmitgliedern nicht geändert hatte. Unmittelbar betroffen war auch Adelaide. Ihr lastete er an, dass sie seinen Plan, sie in ein Kloster zu bringen durchkreuzte und ihre Trennung durchsetzte.

Am 29. Dezember 1758 wandte sich Gaspard de Gueidan mit einer Bitte an dem Domherrn Dulard, Präsident und ständiger Sekretär der Bibliothek der Akademie von Marseille. Das Antwortschreiben liegt in der Akademie von Aix-en-Provence vor.[76] Aus den Schreiben folgt, dass Gaspard de Gueidan ein Kind seiner Familie als unehelich **behandelt** und mit einem Vorwand (konkurrierender Gewinn) versuchte, es von der Erbfolge auszuschalten. Wahrscheinlich wollte er die Löschung im Geburtsregister durchsetzen.

André vermutet, dass mit dem Kind, Jean-Gaspard de Demandolx, der Enkel von Gaspard de Gueidan, gemeint ist. Möglicherweise machte sich Gaspard de Gueidan schon Gedanken über den Fortbestand seines Geschlechtes.

---

[76] André, Jean Louis: a. a. O. S. 11

Um sicherzugehen, dass tatsächlich Jean-Gaspard das Kind war, hat der Autor die Situation im Jahre 1758 in der Familie de Gueidan analysiert.

Es ergab sich, dass André mit seiner Vermutung recht hat. Mit dem „Kind der Familie", welches wie ein uneheliches behandelt wurde, war tatsächlich Jean Gaspard, der zweite Sohn Adelaides, gemeint.

Sollte sich die Situation in der Familie nicht ändern, und sowohl der älteste Sohn wie auch die jüngeren Söhne weiter kinderlos bleiben, kämen nach dem Ableben von Gaspard de Gueidan, nur seine Enkelkinder César-Amable und Jean Gaspard in Frage. Wie sich die beiden einmal entwickeln würden, war im Jahre 1758 völlig unklar.

Der inzwischen 70-jährige Gaspard de Gueidan sah daher die Gefahr eines „konkurrierenden Gewinns" zwischen den Enkeln.

Er wollte den Domherrn mit diesen an den Haaren herbeigezogenen Argument zu einer Prüfung veranlassen. Es sollte festgestellt werden, ob Jean-Gaspard nicht doch ein uneheliches Kind sei.

Der Domherr Dulard bezeichnete das Argument des Gaspard de Gueidan als Vorwand und lehnte eine Prüfung ab. Er verurteilte sein Verhalten mit harten Worten. Besonders rügte er, dass Gaspard de Gueidan das Kind als unehelich **behandelt**, obwohl er offensichtlich keine Beweise dafür vorlegen konnte. Er mahnte: *„So beurteilt sicher kein Vater und ich weiß nicht, warum sie so gegen das Kind sind."*[77]

Die Episode beweist, dass der Vater von Adelaide immer noch den nicht bewiesenen Behauptungen ihres Ehemannes, Pierre-Louis de Demandolx Glauben schenkte und nach wie vor alles versuchte, um seine Tochter zu diskreditieren.

---

[77] André, Jean Louis: a. a. O.

In den acht Bänden der Briefe von Gaspard de Gueidan sind Briefe von den verschiedensten Familienangehörigen enthalten. Von Adelaide wurde kein einziger Brief entdeckt. Einige Briefe wurden aus den Bänden entfernt.[78] Vieles weis darauf hin, dass Adelaide ihren Vater nicht geschrieben hat. Ganz auszuschließen ist nicht, dass ihre Schreiben vernichtet wurden. Es scheint so, als wenn auch nach ihrer Rückkehr, das Verhältnis zu ihrem Vater massiv gestört war. Ihr Ehemann und ihr Vater waren wahrscheinlich die Monster, die sie in ein Kloster bringen wollten.

Ein Jahr nach dieser Episode, zeigte Gaspard de Gueidan erneut, dass er aus der arrangierten Hochzeit von Adelaide nichts gelernt hatte. Am 4. August 1759 verheirate er seine jüngste Tochter Catherine mit einem Provinzadeligen. Dieser war natürlich aus altem Adel. Die Braut war bereits 31 Jahre alt. Alle Versuche sie mit einem Gatten zu verheiraten, dessen Stammbaum ihren Vater gefiel, waren bis dato gescheitert. Ihr Bräutigam, Claude de Prats, war schon 60 Jahre alt. Die Ehe blieb kinderlos.

Es kann sein, dass sich Gaspard de Gueidan bei dieser Eheschließung doch nicht ganz wohl fühlte. Er blieb der Hochzeit fern und erteilte schriftlich sein Einverständnis. Offizieller Grund: Krankheit.

Die Fälschung des Stammbaumes

Zu Beginn der Sechzigerjahre musste Adelaide de Gueidan während ihrer Aufenthalte in Aix beschämt zur Kenntnis nehmen, dass der Ruf ihrer Herkunftsfamilie nachhaltig beschädigt war. Gesprächsthema in Adelskreisen war das Verhalten ihres Vaters.

---

[78] André, Jean Louis: a. a. O. S. 14

Dieser hatte in den Dreißigerjahren im Kloster Observatinos in Manosque (zwischen Reillance und Forcalquier gelegen) eine Kapelle gekauft. Das war eigentlich nichts Besonderes. In diesem Kapuzinerkloster gab es mehrere Kapellen, die adlige Familien als letzte Ruhestätte nutzten. Gaspard de Gueidan baute jedoch die Kapelle in ein Mausoleum für den angeblichen Stammvater seines Geschlechtes, Gauche de Forcalquier, einem Kreuzritter, um. Damit wollte er die Spuren seiner Vorfahren, die im nahen Forcalquier Viehhändler waren, tilgen und eine Abstammung aus dem alten Schwertadel noch vor dem Jahre 1208, vortäuschen.

Der frei erfundene Stammvater wurde von dem bekannten Bildhauer, Jean-Pancrace Chastel, in den Jahren 1754 bis 1757 als auf der Grabplatte liegende Statue mit den Füßen auf einem Löwen dargestellt. Während der Französischen Revolution wurde das Kloster Observatinos geschlossen. Das Mausoleum wurde der Familie zurückgegeben. Grabplatte und Sockel schenkten die Gueidans im Jahre 1839 den Museum Granet in Aix-en-Provence.

Gaspard de Gueidans Aktivitäten in Manosque fielen dazumal nicht besonders auf. Das änderte sich, als er eine zu dem Mausoleum passende Geschichte seiner Vorfahren, publizierte. Er fügte in „Die heroische und universelle Geschichte des provenzalischen Adels", erschienen im Jahre 1757 in Avignon, seine „Erinnerungen" ein.

In den Jahren 1759 und 1760 kam es dann zum Skandal. Die Geschichtsfälschung wurde offenkundig, die Ansprüche Gaspard de Gueidan wurden lächerlich gemacht und auf den Straßen sang man Spottlieder. Der Ruf der Familie war nachhaltig beschädigt. Obwohl Adelaide nicht den geringsten Einfluss auf die fragwürdigen Aktivitäten ihres Vaters hatte, litt sie sicher darunter.

Weitere Ereignisse, die den Lebensweg von Adelaide mitbestimmten, waren der Tod ihres Vaters und ihrer Schwester, Catherine Polyxène Julie und der Tod ihres ältesten Bruders, Joseph Gaspard, des Seigneurs und Alleinerben der Familie im Jahre 1784. Ein erfreuliches Ereignis war die Hochzeit ihres ältesten Sohnes, César-Amable, mit Charlotte Geneviève „Pauline" de Corolis de Villeneuve am 4. Mai 1784. César-Amable konnte sich nicht lange an seinem Glück erfreuen. Er starb am 12.12.1785 als Leutnant der Korvette „La Flèche" an Fieber in Martinique. Für Adelaide bestimmt einer der schlimmsten Schicksalsschläge.

Die 40 Briefe

Im Jahre 1763 war Casanova zu Gast bei Adelaide in ihrem Landhaus in der Marseille Straße, in der Nähe von Bouc-Bel-Air. Sie hielt sich ihm gegenüber zurück und gab sich erst nach seiner Abreise zu erkennen.

Als er im Jahre 1769 während des Karnevals in Aix war, hoffte er wieder auf ein Treffen mit Adelaide. Er erkrankte lebensbedrohlich. Ohne dass er es zuerst bemerkte, kümmerte sich Adelaide um ihn. Sie schickte eine Pflegerin. Sein Versuch, sie nach seiner Genesung zu treffen, scheiterte. Sie schrieb ihn aber:

„Wenn Ihnen ein Briefwechsel mit mir recht ist, so werde ich gern mein Bestes tun, um ihn zu unterhalten. Ich bin sehr neugierig zu erfahren, was Sie seit Ihrer Flucht aus den Bleikammern gemacht haben, und da Sie jetzt einen so schönen Beweis von Verschwiegenheit abgelegt haben, so verspreche ich Ihnen, alles zu erzählen, was unser Zusammentreffen in Cesena und meine Rückkehr in die Heimat veranlasste."[79]

In der Folgezeit kam es zu einem etwa 40 Briefen umfassenden Briefwechsel. Diese Briefe sind verlorengegangen. Alle Versuche, sie aufzufinden, schlugen fehl. Inzwischen hat sich die Erkenntnis durchgesetzt, dass sie Casanova vernichtet hat.

---

[79] Conrad, Heinrich: a. a. O. Bd. XI, S. 186

Sich damit abzufinden, hätte für die Leser des Romans bedeutet, dass sie, in Großen und Ganzen, nur das erfahren hätten, was Casanova in seinen Memoiren ohnehin schon berichtet hat. Der Wert eines solchen Romans wäre gering.

Was man in drei Bänden- reichlich versteckt- in den Memoiren nachlesen kann, hätte der Leser nun, etwas handlicher, in einem kleinen Werk konsumieren können. Die Geheimnisse Adelaides, ihre Familienverhältnisse, die Motive ihrer Flucht, die Flucht selbst, die Motive für ihre Rückkehr, ihre Zurückhaltung gegenüber Casanova und ihr weiteres Leben wären unbekannt geblieben. Wahrscheinlich hätte man das Buch mit einem Kriminalroman verglichen, dem die Auflösung des Falls fehlte.

Um die offenen Fragen zu beantworten, hat der Autor einen Kunstgriff angewandt. Er ließ die 40 Briefe neu entstehen. Der ungefähre Inhalt war ja aus dem Brief von Adelaide bekannt.

Sie wollte von Casanova wissen, was er nach seiner Flucht aus den Bleikammern gemacht hat. Es mussten also Briefe Casanovas entstehen mit einzelnen Episoden aus seinen Memoiren. Das war nicht besonders schwierig. Mit den einzelnen Episoden konnten sogar Leser animiert werden, einmal sich mit allen Bänden zu beschäftigen.

Adelaide versprach Casanova, alles zu erzählen, was ihr Zusammentreffen in Cesena und ihre Rückkehr in die Heimat veranlasste. Dieser Teil der fiktiven Briefe war natürlich nur mit einem großen Forschungsaufwand zu realisieren.

Es mussten möglichst belastbare Informationen über die Familien, die Motive für die Flucht und viele andere Einzelheiten zusammengetragen werden und in die Form von Briefen gebracht werden. Die Briefschreiber mussten aufeinander eingehen. Der Briefwechsel musste Fragen und Antworten enthalten.

Da die Briefe reale Gestalten in ihrer Zeit, mit ihren tatsächlichen Problemen enthalten und diese in Örtlichkeiten agieren, die es noch heute gibt, sind die Briefe nur zum Teil fiktiv.

Das geheime Treffen

Nach dem Kapitel über die Briefe hat der Autor noch ein geheimes Treffen von Adelaide und Casanova in Bouc-Bel-Air eingefügt. Dieses Kapitel ist der romanhafteste Teil des Werkes.

Casanova hatte immer eine Schwäche für Frauen gehabt, die außer ihrer Schönheit auch Geist besaßen. Während der schönen Zeit in Parma bekannte er:

„Diejenigen, die da glauben, eine Frau genüge nicht, um einen Mann durch alle vierundzwanzig Stunden des Tages glücklich zu machen, haben niemals eine Henriette besessen. Das Glück, das mich ganz und gar erfüllte – der Ausdruck ist nicht übertrieben –, war vollkommener, wenn ich mich mit ihr unterhielt, als wenn ich sie nachts in meinen Armen hielt.“[80]

Als er nach seiner Genesung im Jahre 1769 ihren Brief in den Händen hielt, gestand er sich ein:

„Dieser Brief war für mich ausschlaggebend. Henriette war weise geworden, die Stärke des Temperaments war bei uns beiden weniger geworden.“[81]

Mit dem Alter hatten sich ganz natürlich ihre Interessen verschoben. Die älter gewordenen Liebenden, denen ihre geistigen Übereinstimmungen wichtiger geworden waren als ihre körperlichen Begehren, treffen sich in diesem Kapitel ein letztes Mal.

---

[80] Conrad, Heinrich: a. a. O. Bd. III, S. 61
[81] Conrad, Heinrich: a. a. O. Bd. XI, S. 186

Das Sterbedatum von Adelaide

Casanova hatte sich vorgenommen, Henriettes Briefe vor der Nachwelt zu schützen.

„Wenn sie vor mir stirbt, werde ich diese Briefe meinen Erinnerungen beigeben; aber heutigentags lebt sie noch, und sie ist glücklich, wenngleich alt."[82]
Er hat seine Ankündigung wahr gemacht und die Briefe vernichtet.

Aber lebte Henriette tatsächlich noch?
Das bis vor wenigen Jahren bekannteste Sterbedatum Henriettes war der 12.12.1786.[83] Aus der Literatur ergeben sich aber Differenzen von einigen Tagen, was auf vorhandene Unsicherheiten verweist.[84]

Wer die Erstdatierung des Sterbedatums vorgenommen hat, konnte nicht ermittelt werden. Das Sterbedatum wird in Genealogien oft mit einem Fragezeichen versehen. Die Vernichtung der Briefe legt nahe, dass Casanova wusste oder zumindest vermutete, dass Henriette noch lebte.

Diese Annahme wird gestützt durch Briefe, die durch Zufall in den Archiven der Republik Venedig gefunden wurden.

Ein Brief von Henriette (mit Kürzel „AG" = Adelaide de Gueidan) aus dem Jahre 1796 war an Marcolina Bosi adressiert und vom Mai des gleichen Jahres ein Brief von Henriette an Casanova (mit der Anschrift „Antonio Pratolini" = Pseudonym Casanovas und dem Absender „AG").[85]

---

[82] Conrad, Heinrich: a. a. O. Bd. XI, S. 186
[83] Généalogie par wikifrat- … Anne-Thérèse- „Adelaide" de GEYDAN
[84] Fraternelle; Encyclopédie biographique de l' Homoerectus… Sterbejahr mit Fragezeichen
[85] Herrera, José Maria: S. 7f.

J. Rives Chield erwähnt 40 Briefe zwischen 1769 und dem Ende der Niederschrift der Memoiren, 1791/1792.[86]

Ein weiteres Ereignis passt auch nicht richtig zu dem bisher unbestrittenen Sterbedatum. Der jüngste Sohn Henriettes, Jean-Gaspard, heiratete am 23. Januar 1787, schon einen guten Monat nach dem Tod seiner Mutter, was sehr unüblich gewesen wäre (Festlichkeiten im Trauerjahr).

Andererseits gibt es eine seltsame Übereinstimmung ihres Todestages mit dem Sterbedatum ihres Sohnes. Wenn Henriette tatsächlich am 12. Dezember 1786 verstorben ist, dann starb sie exakt am ersten Todestag ihres ältesten Sohnes, César-Amable. Das könnte Zufall sein.

Der Autor musste sich damit begnügen, dass das Sterbedatum von Adelaide de Gueidan nicht sicher ermittelt werden konnte. In seinen Roman hat er beide Daten für möglich erachtet. In den „Lebensdaten" und an anderer Stelle, hat er sie mit dem Vermerk „Datum umstritten" besonders gekennzeichnet.

Anne Thérèse „Adelaide" de Gueidan, Marquise de Demandolx La Palud war das letzte Familienmitglied, das in der Kapelle der Demandolx in der Kirche Notre-Dame-de Vauvert in La Palud seine letzte Ruhe fand.

Die herrschaftliche Kapelle der Demandolx stammt aus dem Jahre 1635. Sie wird heute als Sakristei genutzt. Im Schlussstein der Sakristei befindet sich das Wappen der Demandolx.

---

[86] Childs, J. Rives I: S. 249.

Bild 6 Pfarrkirche Notre-Dame-de-Vauvert,
La Palud sur Verdon

Literaturverzeichnis

André Jean Louis: Sous le Masque d'Anne d'Acri: Aelaide de Gueidan. In: L'Intermédiaire des Casanovistes, Geng 1996, Nr. 13

Archiv Portal Europa, Familie de Demandolx La Palud, Bestandsregister FR/FR AD 013/156

Balestra, Mauritzio: Giacomo Casanova a Cesena nell' estate del 1749, Bibliothek de Malatesta

Baptisten in Frankreich, wikipedia.org/wiki

Childs, J. Rives: Casanova Die große Biographie, Büchergilde Gutenberg, Frankfurt am Main, Wien, Zürich, 1978

Conrad, Heinrich: Casanova, Geschichte meines Lebens, vollständige Übersetzung in zwölf Bänden, Gustav Kiepenheuer Verlag Leipzig und Weimar, 1983

Cru, Jaques: Histoire des Gorges du Verdon, Édisud, 2001

Grillon, Pierre: L'Invasion et la Libération de la Provence en 1746-1747, provence-historique, Universität Aix-en-Provence, 1962
Hermann, Ingo: Casanova. Der Mann hinter der Maske, Propyläen, Berlin, 2010

Herrera, José Maria: Adagio para violoncelo (Los Archivos de Alvise Contarini, spanisch, Magazin fronterad digitales, 20.05.2014

Kauntz, Bernhard: Der Österreichische Erbfolgekrieg- Die Kapitulation von Modena, bela.com, Wolverttem, 2010

Kohle, Hubertus: Hyacinthe Rigauds Porträt des Gaspard de Gueidan und aristokratische Politik im Ancien Regieme, ub. unimuenchen.de 125661/1/0a

Watzlawick, Helmut: Fata viam invenient or Henriette forever, L'Intermédiare des Casanovistes, Genf, 1989, Nr. VI

Watzlawick, Helmut: Audiatur et Advocatus Diaboli, L'Intermédiaire des Casanovistes, Genf, 1996, Nr. 13

Bildnachweis

Cover: Nicolas Lancret: Der Camargo-Tanz, um 1730. National Gallery of Art, Washington; Hintergrund: DarkWorkX/Pixabay

1 Croix d'Or, Auszug Cadastre Napoleon, Bouc-Bel-Air, Plan de la Section Tableau d'assemblage 1833

2 Archives Muncipales d'Aix-en-Provence, Droit révesérve, Cadastre Napoléon, 182 Section G11, Auszug mit Beschriftung

3 Hyacinthe Rigaud: Porträt des Gaspard de Gueidan als Generalanwalt, Collection du Château de Fonscolombe, Muséee Granet, Lizenz: genobco free.fr./provence.

4 Hyacinthe Rigaud: Porträt des Gaspard de Gueidan als Schäfer, Collection du Château de Fonscolombe, Muséee Granet, Lizenz: genobco free.fr./provence

5 Tafel des Scipion Théodore Joseph de DEmandolx, gw. Geneanet. Org/wikifret...

6 Église Notre-Dame-de-Vauvert, fr. wikipedia, freie Creative Commons-Lizenz: CC-BY-SA 4.0, Urheber: Petr18885

FSC
www.fsc.org

MIX

Papier | Fördert
gute Waldnutzung

FSC® C083411

Zeitfracht Medien GmbH
Ferdinand-Jühlke-Straße 7
99095 Erfurt, Deutschland
produktsicherheit@kolibri360.de